edition suhrkamp 2810

»Kein Ruhetag« – so steht es auf der Tafel am Eingang. Ilijas Eltern betreiben eine Gastwirtschaft in Bayern. Er hilft schon als Kind in der Küche, wächst mit Pommes und Fritteusen auf.

Weil sein Vater gerne Tennis spielt, ermöglicht er seinem Sohn Tennisstunden. Im Verein findet Ilija neue Freunde und will wie sie aufs Gymnasium. Sein Leben entkoppelt sich zunehmend von dem seiner Eltern, besonders als sein Vater nach Kroatien zurückgeht. Doch etwas begleitet ihn durch die Jahre: »Es riecht nach Pommes, Ilija kommt!« Der Satz eines Mitschülers, der ihn bis heute nicht mehr loslässt, wird zum Ausgangspunkt einer Selbstbefragung: Verrät der Geruch die eigene soziale Herkunft?

Ilija Matusko verknüpft in seinem Debüt persönliche Erinnerungen mit soziologischen Beobachtungen. In zehn essayistischen Kapiteln erzählt er die Geschichte eines Bildungsaufsteigers – mit wachem Blick für die feinen Unterschiede, mit Witz und literarischer Schlagkraft.

Ilija Matusko, geboren 1980, hat Soziologie und Politikwissenschaften studiert, lebt und arbeitet in Berlin, u. a. für die taz. Er war Stipendiat im Herrenhaus Edenkoben, im Alfred-Döblin-Haus und im Künstlerdorf Schöppingen. *Verdunstung in der Randzone* ist sein Debüt, für das er vor Erscheinen ein Stipendium des Fritz-Hüser-Instituts erhielt.

Ilija Matusko

Verdunstung in der Randzone

Suhrkamp

2. Auflage 2026

Erste Auflage 2023
edition suhrkamp 2810
Originalausgabe

Umschlag gestaltet nach einem Konzept
von Willy Fleckhaus: Rolf Staudt
Umschlagabbildung: Julia Molin, Berlin
Satz: Satz-Offizin Hümmer GmbH, Waldbüttelbrunn
Druck: C.H. Beck, Nördlingen
Printed in Germany
ISBN 978-3-518-12810-7

Suhrkamp Verlag GmbH
Torstraße 44, 10119 Berlin
info@suhrkamp.de
www.suhrkamp.de

Verdunstung in der Randzone

Verdunstung in der Randzone

Eintauchen, herausnehmen, eintauchen.

Immer wieder habe ich diesen Geruch in der Nase.

Auf meinem Laptop eine Dokumentation über eine Gaststätte im Schwarzwald, Titel: *Feuer und Flamme*. Harald Wohlfahrt, der Küchenchef, sitzt zurückgelehnt im leeren Gastraum und erzählt von seinem Beruf. Schnitt auf Auszubildende, die durchs Bild huschen, sie rühren, schlagen, wenden, schneiden. Es herrscht Unordnung, auf eine geordnete Art. Das Bild, das ich suche, das Gold, ist in den Aufnahmen nicht zu finden.

Dunstschwaden, die sich unter der Abzugshaube sammeln, bevor sie sich auflösen.

Ein Geruch, der an meinen Haaren, Kleidern, meinen Möbeln und an den Wänden meines Zimmers haftet, beißend und schwer hat er sich schon vor Jahren in allen Winkeln meines Lebens festgesetzt.

Ich liege im Bett, die Vorhänge sind zugezogen, durch einen Spalt kann ich nach draußen sehen. Tagsüber fällt kaum Licht in meine Wohnung. Die Wände im Haus sind dünn, die Nachbarsfamilie ist zu hören. Neben meinem Bett steht ein kleines Gläschen mit einem dicklichen braungelben Sirup.

Wenn ich den Geruch genauer beschreiben müsste, dann wäre ich schnell auf verlorenem Terrain. Ich habe keine feine Nase, auf meinen Riecher ist kein Verlass. Dabei geht es nicht um den Geruch an sich, um seine chemische oder molekulare Zusammensetzung, eher um die Zusammensetzung einer Person durch einen solchen.

Erinnerung an einen Galeriebesuch in Berlin-Wedding: Die Räume sind bis auf eine Mitarbeiterin menschenleer. Ventilatoren – es sind genau 22 – zeigen in verschiedene Richtungen. In kurzen Texten wird die Geschichte der Gegend (Arbeiter- und Industriebezirk) anhand des Geruchs nachgezeichnet. Die Ventilatoren verteilen Gerüche im Raum und sind interaktiv mit Sensoren an Standorten im Freien verbunden. Bei Wind draußen werden die Maschinen aktiviert und Duftstoffe freigesetzt. Die Künstlerin, Sissel Tolaas, ist studierte Chemikerin und hat die Gerüche – zuvor im Feld aufgespürt und lokalisiert – synthetisch nachgebaut. Ich halte meine Nase in die Luftströme. Stadt, Abgase, Geruch nach »Draußen«. Mein erster Gedanke: stinknormale Luft.

Beim Lesen des Ausstellungstextes bleibe ich an einem Wort hängen: Geruchszeugen.

Ich komme ins Gespräch mit einem anderen Besucher, der nach mir die Galerie betreten hat. Er kommt aus dem Wedding, ist Turbinenhersteller bei Siemens und hat die Ausstellung zufällig entdeckt. Ich frage ihn, wie er die Gerüche des Ortes wahrnimmt, an dem er aufgewachsen ist. »Gar nicht. Mein Tom-Ford-Parfüm legt sich über alles«, sagt er und lacht.

Die Künstlerin hat auch ein sogenanntes »Smell Memory Kit« erfunden, mit dem man Erlebnisse mit Gerüchen verknüpfen und im Gedächtnis behalten kann. Man trägt eine kleine Ampulle bei sich, öffnet sie und riecht daran, wenn man einen besonderen Moment erlebt. So wird die Erinnerung an den Augenblick mit dem Geruch verbunden.

Im Gewirr der Zeichen und Erinnerungen leuchten wiederkehrend einzelne Dinge auf, Gegenstände und Szenen, die zusammengehören, die sich verknüpfen lassen, ohne in einer direkten Verbindung zu stehen.

Mein Notizbuch (Moleskine-Fake), kein fester Einband, kein elfenbeinweißes Papier.

Mein Duschvorhang von POCO Domäne, mit den Ringen aus Plastik, die sich ständig lösen.

Meine guten Wanderschuhe, die ich besitze, seitdem ich 17 bin. Und der über Jahre bestehende und erst kürzlich aufgedeckte Irrglaube, sie seien hochwertig und daher besonders sorgsam zu pflegen.

Die Sachbearbeiterin im Jobcenter, die mich maßregelt, weil ich zehn Minuten zu spät komme (»Wenn Sie nicht einmal pünktlich sein können, wie wollen Sie dann ein normales Leben führen?«).

Das Haus eines Freundes, sein Vater war Manager in einem Pharmaunternehmen. Warme Fliesenböden, Kunst an den Wänden, ein Esszimmer, viel Platz, viel Licht, ein fußballfeldgroßer Garten.

Meine Mutter, die über mein Soziologie-Studium wissen wollte, ob ich später »mit Behinderten« arbeiten würde.

Das Wohnzimmerregal bei uns zu Hause, in dem keine Bücher standen, sondern Straßenkarten und Gläser mit Münzen.

Mein Schock, als dem Hund eines anderen Freundes (sein Vater war Arzt) mittags Reis zum frischen Fleisch gekocht wurde.

Meine Scham, wenn mich meine Mutter im alten Opel Kadett bis vor die Schule kutschierte.

»Es riecht nach Pommes ...«

Ich durchforste Vergangenes, suche Erlebnisse noch einmal auf, taste sie ab, schnüffle daran herum. Die Auswirkungen meiner Erkundung sind deutlich zu spüren, ich traue meiner eigenen Wahrnehmung und Erinnerung nicht mehr. Wenn ich mich zu verlieren drohe, immer wieder ein Fund, mehr zufällig als geplant, eine Stimme im Radio, mit der ich zurück auf festen Boden gelange. »Kochgerüche, die sich in den beengten Wohnverhältnissen in der Kleidung festsetzen, gelten als typisch für Unterschichten.« (Deutschlandfunk)

Fettgeruch.docx
Herkunft_Aufstieg_Entfremdung.docx
Meine-Eltern-und-ihre-Arbeit.docx
Pommes.docx
Der Name der Datei, in der meine Textfragmente abgelegt sind, ändert sich von Woche zu Woche.

Ein Fernsehinterview mit Pierre Bourdieu. Er sitzt auf einem Sessel, vorn am Rand der Sitzfläche, so als rechnete er jeden Moment damit, flüchten zu müssen, und beantwortet die Fragen eines Journalisten. Der Soziologe spricht über kulturelles Kapital und Habitus. »Aufsteigern sieht man das Klettern an«, sagt er und macht eine Geste, bei der sich seine Hände verkrampfen.

Der Soziologe, »selbst aus einfachen Verhältnissen kommend und zum Wissenschaftsstar geworden«, so die Erzählstimme im Interview, sieht dem Fragensteller kaum in die Augen. Er wirkt fahrig und nervös. Manchmal kommt sein Blick zur Ruhe, fokussiert auf einen Punkt jenseits des Bildausschnitts, als würde dort eine Person sitzen, der er voll und ganz vertraut.

Auf einem Foto, das zwischendurch eingeblendet wird, um verschiedene Arbeitsmilieus zu illustrieren, sieht man die Rücken einiger Kellnerinnen mit weißen Schleifen über den schwarzen Röcken.

Ich sitze am Küchentisch und lese eine Geschichte des Geruchs des französischen Historikers Alain Corbin: »Der Gestank des Armen [ist] in erster Linie eine Folge der *Imprägnation* [...].« Und: »[...] sie verströmen einen unverkennbaren Gestank, der ihre wahre Herkunft verrät.«

Daneben liegt eine Broschüre aus dem Internet, die ich mir in Farbe ausgedruckt habe: »Frittierte Speisen sind wegen ihres hohen Genusswertes, der Knusprigkeit und der goldgelben Färbung bei gleichzeitiger Saftigkeit des Frittiergutinneren beliebt.« (Optimal Frittieren: Auswahl der Frittieröle und -fette, Deutsche Gesellschaft für Fettwissenschaft)

*

Es gab zwei Schilder im Fenster unserer Wirtschaft. »Kein Ruhetag« und »Durchgehend geöffnet«. Mein Vater in Arbeitskleidung, eine weiße Kochjacke und schwarz-weiß karierte Hose. Immer ein flatterndes Küchentuch auf der Schulter, als hätte er es darauf dressiert. Seine Schnelligkeit beim Schneiden der Zwiebeln, sein konzentriertes Gesicht, rot und glühend von der Hitze, mit leicht geöffnetem Mund, als bekäme er zu wenig Luft. Die Küche ein einziges Zischen und Rauschen. Manchmal stiegen Stichflammen in die Höhe.

Ich lernte sehr früh, den Grad seiner Anstrengung zu deuten, bevor ich meinen Vater ansprach, in seinem Gesicht, in seinem Blick, in den Mundwinkeln. Wie ein Raum im Raum, den ich nicht betreten durfte.

Die Oberflächen aus Edelstahl, das kleine Fenster der Durchreiche, die Industriespülmaschine, die doppelte Fritteuse. Das Abzugssystem, dessen Schacht wie eine riesige Raupe aus Stahl unter der Decke hing. Die genoppten Fliesen auf dem Boden, auf die sich im Laufe des Tages ein Film aus Fett legte, sodass man beim Umrunden der Kochinsel ins Rutschen geriet.

Mein Vater kam spätnachts in die Wohnung, ich konnte ihn durch die dünnen Wände hören. Er duschte lange und ausgiebig, um den Fettgeruch aus den Haaren zu bekommen.

Meine Mutter mit schwarzem Rock, Kellnerinnenschuhen und einer weißen, steif gebügelten Schleife am Rücken. Drei oder vier Teller an einer Hand, ein Fächer aus Porzellan. Immer ein Lächeln auf den Lippen, das ihr hinter der Schwingtür zur Küche sofort aus dem Gesicht fiel. Wenn es am Nachmittag leerer wurde, saß sie an Tisch 1, vollkommen *geschafft*, legte den Kopf auf ihre verschränkten Arme und schlief ein.

*

Mit jedem Text, der sich meinen Eltern nähert, den ich über sie schreibe, wird der Abstand zwischen ihnen und mir größer. Wie bei einem *travelling zoom*, bei dem sich die Kamera vom Objekt wegbewegt und gleichzeitig hineinzoomt. Bei der betrachtenden Person entsteht so der ›Eindruck eines Schwindelgefühls‹ (James Monaco).

Die Künstlerin Hisako Inoue hat in ihrer Ausstellung *Marble project* 80 000 Schokolinsen auf eine große Bühne geschüttet. Das Publikum zerstampfte die Linsen mit den Füßen, wodurch sie sich in eine süßlich riechende, erdähnliche Masse verwandelten. Danach schuf Hisako Inoue mehrere Ausstellungen zum Thema »Geruch und Erinnerung«.

Ich liege wieder im Bett, längere Zeit, bewegungslos. An einigen Tagen in der Woche arbeite ich nicht. Seit Kurzem nenne ich sie Ruhetage. Ich fahre mit den Händen über das Bett, schnuppere an den Textilien. Das Gläschen mit goldgelber Flüssigkeit, roter Drehkappe und Aufkleber trägt die Handschrift meiner Schwester.

Vom Tellerwäscher zum Autor, der übers Tellerwaschen schreibt.

Habe ich es geschafft, weil ich mir als Textarbeiter weniger körperliche Arbeit leisten kann? Was genau habe ich *geschafft*? Warum fühle ich mich in einer Kunstgalerie genauso unwohl wie an einem Stammtisch? Ich schreibe diese Fragen in mein Notizbuch. Im Liegen, sodass der Kugelschreiber die Tinte verliert und die Schrift langsam ausdünnt.

Ich klappe mein Notizbuch zu, es fühlt sich minderwertig an, die Seiten sind viel zu dick, das Papier ist grell und chlorgebleicht. Es ist nicht das Werkzeug eines Autors, denke ich. Plötzlich tauchen um mich herum billige und wertlose Gegenstände auf, wie durch Ebbe freigelegt. Seit dem Beginn meiner Geruchsuntersuchung haben die Dinge in meinem Umfeld die Angewohnheit, zu Quellen der Scham zu werden.

Ich gebe »Fettgeruch« in die Suchmaske ein und sehe mir die automatische Vervollständigung an, die unter anderem anzeigt, wonach am meisten gesucht wird.
Fettgeruch … in der Küche
Fettgeruch … entfernen
Fettgeruch … vertreiben
Fettgeruch … aus Wohnung bekommen

Das Fett, ein unbestreitbarer Teil meiner Biografie, plagt mich und widersetzt sich allen Versuchen, es aus meinem Leben herauszulösen. Unsauberkeit, die mich umgibt und durchdringt.

»Smells are surer than sounds or sights / To make your heart-strings crack« (Rudyard Kipling)

Fettgeruch … aus Leben bekommen

Ich verlasse meine Wohnung und gehe an die frische Luft. Während ich durch die Straßen laufe, telefoniere ich mit meiner Schwester. Sie erzählt von ihrer Arbeit, von der Belastung und dem Stress. Ich sehe sie vor mir, sie trägt einen Schutzanzug und blaue Plastikwolken an den Füßen. Als es anfängt zu regnen, klemme ich mich in einen Hauseingang und bleibe dort so lange stehen, bis meine Schwester zu Ende erzählt hat.

Ein Wohnungsloser steigt in die Bahn ein und bietet ein Magazin an. Er läuft von einer Tür zur anderen. In einer Kurve hält er sich an der Stange fest. Ich kaufe ein Exemplar, die Zeitung nennt sich *Arts of the Working Class*. Der Straßenzeitungsverkäufer bedankt sich für das Geld und wünscht mir einen schönen Tag. Ich sehe mir die Ausgabe näher an. Nummer 16: *The Food Issue*.

Beim S-Bahnhof kommt mir warmer, stickiger Wind entgegen. Ich halte reflexhaft die Luft an. Der Platz vor dem Schnellrestaurant ist hell erleuchtet, Treffpunkt für Jugendliche. Im McDonald's setze ich mich ans Fenster und sehe einem Jungen dabei zu, wie er Pommes isst. Neben ihm sitzt sein Vater, mit Baseball-Cap, den Blick in sein Smartphone vertieft, und spielt Candy Crush. Kurz habe ich den Impuls, meine Fett-Untersuchung abzubrechen, weil diese Szene schon alles enthält, worüber ich schreiben will.

»Während des Frittierprozesses kommt es [...] zu erwünschten Veränderungen wie Krustenbildung am Außenbereich, Garvorgängen im Inneren des Frittierguts sowie zur Bildung der typischen Aromakomponenten.« (Optimal Frittieren: Theorie des Frittierens)

Der Satz eines Mitschülers in der Schule: »Es riecht nach Pommes, Ilija kommt!«

Nachts kehre ich zurück in meine Wohnung. Meine Jacke hänge ich über den Stuhl auf dem Balkon. Dann dusche ich, lange und ausgiebig, lege mich ins Bett und schlafe sofort ein. Ich träume davon, bei der Deutschen Gesellschaft für Fettwissenschaft zu arbeiten, als »Fettexperte« in der Abteilung »Aromabekämpfung«.

*

Nach der Schule half ich bei der Arbeit, in einem Alter, in dem die Arbeit noch ein Spiel ist. Ich stand an der großen Spülmaschine, schob die Kästen mit schmutzigen Tellern hinein und zog sie auf der anderen Seite wieder heraus. Ich drehte die Temperatur an der Fritteuse nach oben, griff mit den Händen in eine große Plastiktüte und warf die gekühlten Kartoffelstreifen in das Sieb. Mein Vater machte eine Geste (»etwas mehr/weniger«), oder er nickte, erst dann tauchte ich das Sieb in das heiße Fett.

Meine Mutter schrieb jeden Tag in einer schönen, geschwungenen Handschrift die Gerichte des Tages auf eine frisch gewischte Tafel. Ganz oben stand das Menü, mit Suppe oder Dessert. Wenn die Tafel noch nass war, ließ sich nichts erkennen, erst nach einigen Minuten kam die Kreide aus der blinden Tafel hervor. Mein Vater nannte die Speise, meine Mutter den Preis. Jeden Morgen gab es eine kleine Gerichtsverhandlung, 12,50 oder 13,50, mit oder ohne Salat. Speise und Preis fanden am Ende immer zusammen.

Alle paar Wochen machten wir einen Familienausflug. Das fand ich immer ungeheuer aufregend. Die Fahrt in die Stadt, die gigantische Halle, meterhohe Regale, Großpackungen mit Süßigkeiten. Ich lief durch die Metro wie durch die Schluchten des Grand Canyon.

Irgendwann lief das Geschäft nicht mehr: Der Blick meines Vaters, der nicht in der Küche, sondern vorne in der Gaststube steht, um nach Gästen Ausschau zu halten. Ich, stundenlang am Fenster sitzend, damit ich für die Menschen auf der Straße wie ein Gast aussehe. Ein Vierzehnjähriger, der eine kleine Cola nach der anderen bestellt, als hätte er zu viel Taschengeld. Meine Mutter im Büro, einem fensterlosen Raum neben der Küche, wo auch Eimer und Konserven lagern. Sie sitzt vor einem Stapel Rechnungen und Papiere, mit verkniffenem Gesicht und Lesebrille.

Als auch die letzte Wirtschaft geschlossen, meine Eltern geschieden und mein Vater zurück in seine Heimat Kroatien gegangen war, arbeitete meine Mutter weiter als Bedienung, irgendwann bei McDonald's.

*

»Pommes sind wie beste Kumpels – einfach immer dabei. Ganz selbstverständlich. Und erst wenn sie mal fehlen, merken wir, dass sie Gold wert sind!« (mcdonalds.de)

Warum kostet es mich auch heute noch Überwindung, davon zu berichten? Als würde es etwas über meine Familie erzählen und nicht viel mehr über die Verhältnisse, in denen wir leben.

Auch meine Mutter konnte nicht besonders gut riechen, ihre Nase war immer zu. Weil sie nicht genügend Luft zum Atmen bekam, ließ sie sich einmal operieren. Bei dem Eingriff wurden Polypen aus ihrer Nase entfernt.

Ich höre mir eine Sprachaufnahme an, die ich vor einigen Monaten beim Joggen gemacht habe. Ich kann mich nicht daran erinnern, und meine Stimme hört sich nicht nach mir an. »Den Geruch nicht mehr loswerden, egal, wie sehr man sich anstrengt«, sagt die Stimme, in vier Sekunden, hechelnd und schnaufend, im Hintergrund mein Laufschritt.

Die Liste der mir auffallenden Details und Fetzen wird von Tag zu Tag länger:

»Meine Mutter liebte nicht: [...] altes Bratfett, McDonald's«. (Daniela Dröscher)

In einer Erzählung von Oskar Panizza über einen Wanderer, der in einer Wirtschaft übernachtet: »Als ich aufstand, sah die Sonne bereits in mein Zimmer, und ein heißer, widerlicher Küchengeruch drang von unten herauf [...].«

Der Freund, der sagt: »Ich habe vor zehn Jahren in einem Burger-Laden gearbeitet, nur für ein paar Wochen, aber die Klamotten stinken heute noch nach Friteuse.«

Der Parkplatz vor dem Supermarkt. Menschenleer, nur eine Frau mit Rollator kommt mir entgegen. Im Korb vor ihr nichts außer einer Packung gefrorene Pommes.

»Wir suchen Leute, die nur aufs Gelb aus sind.« (Ein Werbeplakat der Berliner Verkehrsbetriebe, mit gelben Zügen, Angestellten in gelben Outfits und einem Foto von Pommes.)

Ein Artikel im Internet: »Wie ist das, wenn die eigene Identität mit einem Geruch verknüpft ist? Wir haben sieben Menschen befragt, die wie beliebte Pflanzenaromen heißen.«

»Ulja« – das kroatische Wort für Öl, das an meinen Vornamen erinnert.

Meine Schwester absolvierte nach der Hauptschule eine Ausbildung in einer Apotheke. Jetzt arbeitet sie für ein Pharmaunternehmen, Abteilung Qualitätssicherung. Ihre Aufgabe besteht darin, die Sauberkeit von Oberflächen zu kontrollieren und Abstriche zu machen. Sie mag Live-Übertragungen im Fernsehen (Tennis, Wintersport) und fährt ein Audi Cabrio, Kennzeichen NM 1975, ihre Initialen und ihr Geburtsjahr. Sie hat viele Jahre für das Cabrio gespart.

Einmal erzählte sie mir von einer Feier, auf der sie mit einer Freundin war. Ein Sommerfest auf einem großen Grundstück mit Pferden am Starnberger See. Weiße Tischdecken, Sektflaschen, elegante Gäste. »Für die war ich Luft.«

»Als Stallgeruch wird der typische Geruch in einem Stall bezeichnet, der sich durch kombinierte Analyse von Gaschromatographie und Olfaktometrie als ein sehr komplexes Aroma aus mehr als 400 chemischen Verbindungen in relativ zueinander unterschiedlichen Konzentrationen (Geruchsintensitäten) erweist. [...] Im übertragenen Sinne wird mit ›Stallgeruch‹ das soziale Milieu eines Individuums bezeichnet, also seine Herkunft oder langfristige Zugehörigkeit zu einer Gruppe [...].«

Ich denke bei diesem Eintrag auf Wikipedia jedes Mal an Fett, wenn ich Stall lese.

»Langfristige Zugehörigkeit.«

Der Moment, als mir ein Schulfreund auf dem Nachhauseweg sagt: Man kann es riechen. Die Wirtschaft, den Essensgeruch. Er sagt es wie jemand, der eigentlich nur helfen will. Als wüsste ich es nicht, als könnte ich etwas daran ändern.

Bilder einer Ausstellung tauchen immer wieder in mir auf, so als hätte sie sich tatsächlich ereignet. Das Publikum zertritt 80 000 frittierte Kartoffelstreifen, wodurch sie sich in eine gelbe, nach Fett riechende Masse verwandeln. »Deep frying project.« Immer wieder gerät ein Beinpaar ins Rutschen.

Mit einem Freund gehe ich zu einem Imbiss an der Ecke und esse Pommes. Zum ersten Mal will ich weder Ketchup noch Mayonnaise, nur den reinen Fettgeschmack. Ich sehe dem Mann an der Fritteuse und seinen Handbewegungen zu wie dem Verlauf eines eben begonnenen Experiments. Dunstschwaden steigen auf. Zwischendurch hebt er das Sieb, wartet einen Moment, dann taucht er es wieder hinein. Das Geräusch, wenn das tropfende Fett abgeschüttelt und das Sieb entleert wird, die Pommes in die Aluschüssel fallen. Der Mann streut Salz darüber und macht diese typische Schüttelbewegung, um es gleichmäßig zu verteilen.

Der Freund, ich hatte seine Anwesenheit für einen Moment beinahe vergessen, nimmt einen Schluck von seiner Cola und sagt mit Freude in der Stimme: »Das schwarze Gold!«

»Das im Lebensmittel gebundene Wasser wird infolge der Verdunstung in der Randzone nach und nach aus dem Inneren an die Randschicht geführt […]. Die Abnahme der Feuchtigkeit an der Oberfläche führt zu Ausbildung der Kruste.« (Optimal Frittieren: Theorie des Frittierens)

Meine Freundin schickt mir ein Foto. Als ich es öffne, sehe ich einen bunten Haufen in Nahaufnahme, zwischen Straße und Randstein. Jemand hat den Rest eines Imbisses weggeworfen. Saure Pommes, eine leere Pommesschale, Ketchup. Wenn man hineinzoomt, sieht man einen Pommesstreifen mit schwarzen Pigmenten übersät. Ameisen, dicht an dicht, während sie den bunten Zuckerberg links liegen lassen. »Die kleinen Arbeiter wissen, was gut ist«, schreibt meine Freundin unter das Bild. Der Gedanke, dass sich mein Vorhaben schon gelohnt hat.

In einem Interview mit der Schriftstellerin Joan Didion antwortet sie auf die Frage, ob sie ein Morgenritual habe, sie trinke jeden Morgen eine Coca-Cola.

Roland Barthes schreibt in *Mythen des Alltags*, ein französischer General habe nach dem Waffenstillstand in Indochina als erste Mahlzeit Pommes frites verlangt, dies sei kein »vulgärer materialistischer Reflex« gewesen. »Pommes frites sind Sehnsuchtsobjekte [...].«

Begegnungen und Szenen meiner Kindheit – mit anderen im Auto, bei Freunden auf dem Sofa, mit Lehrerinnen oder Eltern im Gespräch – verändern sich, beginnen zu stechen, sobald ich sie mit der Frage unterlege: Haben sie mich da vielleicht auch gerochen?

Eintauchen, herausnehmen, eintauchen. Als Kind schaue ich oft dabei zu, wie die Fritteuse angeschaltet wird. Bei der Erhitzung wird die feste weißliche Fettmasse langsam flüssig. Zuerst bilden sich kleine glänzende Fettseen auf der trüben Oberfläche, dann bricht der Fettblock in Stücke, und das Sieb, das sich am Grund des Beckens befindet, wird immer mehr freigelegt. In den bienenartigen Waben des Gitters halten sich die letzten Reste, bevor sie sich im heißen Nektar auflösen. Ich dachte damals nicht an Ekel. Sondern an Gold und Honig.

In der Nacht setzt erneut Regen ein. Das Rauschen der Autos in den Straßen. Ich klappe den Laptop auf und sofort wieder zu, fühle mich unwohl. *Travelling zoom.*

Am nächsten Morgen telefoniere ich wieder mit meiner Schwester. Der Himmel vor dem Fenster ist klar und trotzdem farblos, wie hinter Dunst, der aus einer großen Anlage aufsteigt, am Rand der Stadt. Als meine Schwester anfängt, von ihrer Arbeit zu erzählen, schweife ich ab. Ich sehe es ganz deutlich: Meine Schwester, im weißen Schutzanzug, in der Küche unserer Wirtschaft. Sie zieht einen kleinen Wagen hinter sich her, streicht über die Stahloberflächen und nimmt Proben. Eine Art zu groß geratenes Wattestäbchen in der Hand. Sie füllt einen kleinen Behälter mit Flüssigkeit aus der Fritteuse. Sie streicht einen Klebezettel fest und beschriftet ihn.

Der bewohnte Kreis der Erde

Zwei Bilder, die Millionen wert sind.

Ich erinnere mich an die Geschichte.

Sie hingen in unserer Wirtschaft. Ein Stammgast redete so lange auf meine Eltern ein, bis sie nach München fuhren, zur Pinakothek, um die Gemälde begutachten und schätzen zu lassen.

Nach dem Aufstehen öffne ich das Fenster, mache es wenig später wieder zu. Tauben flattern im Innenhof und sammeln sich auf der anderen Seite. Die Frau im fünften Stock stellt immer einen Teller mit Körnern raus. Sie ist gehbehindert und schafft den Aufstieg nur unter größten Anstrengungen. Im zweiten Stock gegenüber sehe ich einen jungen Mann an der Spüle, mit nacktem Oberkörper und Geschirrtuch über der Schulter. Er bekommt einen Hustenanfall, schüttelt sich heftig, was ohne die Geräuschkulisse so aussieht, als würde er eine seltsame Performance aufführen.

Das Bild von Gerhard Richter an meiner Wand: das Porträt einer lesenden Frau. Ein welliges, leicht vergilbtes Stück Papier, aus der Zeitung ausgeschnitten.

Daneben das Bild einer Sonne, die in einer Wüste untergeht. Das einzige Gemälde, das ich besitze. Der Horizont wiederholt sich mehrfach, als würde man die Landschaft durch zersplittertes Glas betrachten.

Die Fragen, die ich mir stelle, haben keine klare Antwort. Sie lassen aber sofort einige Erinnerungen in mir aufleuchten. Szenen und Momente wie die Bilder einer Ausstellung, die ich mit geschlossenen Augen aufsuche.

Ein Sommertag bei meinem Vater. Ich stehe mit ihm im Foyer des Fünf-Sterne-Hotels, wir betrachten ein Kunstwerk: eine riesige Skulptur aus Draht, die sich über mehrere Stockwerke in die Höhe schraubt, so hoch wie ein Kran, ohne erkennbares Konzept, chaotisch verknotet. Meine erste Assoziation: Haarbüschel, die im Ausguss liegen. Mein Vater sagt, das Ding sehe aus wie eine Angelschnur, die sich verknäult habe. Dann verlassen wir das Foyer und gehen zurück zum Parkplatz. Wir sind hier, um seine neue Frau abzuholen, die als Reinigungskraft im Hotel arbeitet.

Mein Vater und sein einmaliges Kino-Erlebnis: *Otto – Der Film*, zusammen mit meiner Schwester und mir. Irgendwann in den 80er-Jahren, seitdem hat er keinen Kinosaal mehr betreten.

Als mich im Theater eine ältere Frau, ein paar Sitze weiter, laut anmeckert, weil ich auf dem Weg zu meinem Platz »falsch« an ihr vorbeigehe (mit dem Rücken zu ihr).

Die Panik, die uns zu Hause ergreift, wenn im Fernsehen eine Oper läuft und dieser schrille Gesang erklingt: »Schnell, schalt um!«

Ein Museumsbesuch vor einigen Jahren. Ein turnhallengroßer Raum, komplett geflutet mit dichtem Nebel, der allmählich, kaum wahrnehmbar, seine Farbe ändert. Ich irre herum, taste mich durch die fluoreszierend leuchtenden Nebelwolken, finde den Ausgang nicht.

»Habt ihr keine Kultur?«

Wie ich zu dem Sonnenuntergangsgemälde kam: Auf dem Platz am U-Bahn-Eingang sah ich einen Mann, der ein paar Dinge auf der Straße ausgelegt hatte, auf einem blauen Tuch. Eine Fahrradpumpe, einen DVD-Player, Werkzeug, einen ausgestopften Fuchs, alte Handys mit Ladegeräten und das Gemälde einer Sonne in einer Wüstenlandschaft. Ich nahm es in die Hand, es gefiel mir, aber es war keine echte Kunst, sagte ich mir sofort, sonst würde es nicht hier auf der Straße liegen. »Ein Original«, sagte der Mann. Er wiederholte es immer wieder: »Ein Original, ein Original«, und zeigte auf die Signatur. Zuerst wollte er 80, dann nur noch 20 Euro (»Für Zigaretten und Bier«). Ich kaufte ihm das Bild ab und fragte ihn, von wem es sei. Der Mann antwortete: »Von meiner Tochter.«

Ein Buch von Robert Menasse beginnt damit, dass der 52-jährige Kurt Walmen in der Alten Pinakothek in München einen Becher »Universal-Abbeiz-Fluid« über ein bekanntes Gemälde von Rubens schüttet. Diesen Akt begründet er damit, dass er, Walmen, eine weltverändernde philosophische Theorie entwickelt habe und darauf aufmerksam machen wolle. Er habe dieses eine Kunstwerk opfern müssen, um die Menschheit zu retten. (So wie die Letzte Generation jetzt Kunstwerke mit Kartoffelbrei bewirft oder sich an ihnen festklebt, um auf die drohende Klimakatastrophe aufmerksam zu machen.)

Räume, durch die ich mich bewegt habe, betrete ich noch einmal, um sie abzutasten, die Positionen und Abstände zu bestimmen. Um die Zwänge und Urteile zu erforschen, deren Komplize ich auch immer bin.

*

Zweimal in der Woche war ich in den Pinakotheken. Zu dieser Zeit gab es nur die Alte und die Neue Pinakothek, die dritte, die der Moderne, befand sich gerade im Bau. Alle waren am selben Ort (dem »Kunstareal«). Im Sommer, wenn ich noch ein wenig Zeit hatte, lag ich auf dem gemähten viereckigen Rasen, der sich zwischen den Gebäuden befindet, und schlief für eine Weile, den Kopf auf meinem Rucksack.

Mein Gang durch die Drehtür, vorbei an der Kasse und den Kassengesichtern und den Kassenblicken, quer durch die Halle, bis zu meinem Verkaufsstand in der Ecke. Meine abgenutzten, rissigen Lederschuhe, das unförmige, ausgewaschene Hemd von H&M, die Stoffhose (Secondhand), knittrig, ungewaschen. Immer das Gefühl, diese Verkleidung einfach nicht zu beherrschen. Da ich mein eigenes nie dabeihatte, ging ich dazu über, mir ein Namensschild meiner Kollegen anzustecken. Erst heute kommt mir dieses Vorgehen bedeutsam vor.

Meine Arbeit: Audio-Führungen durch die Gemäldesammlung anbieten, auf tragbaren Geräten, den Audio-Guides, die man sich um den Hals hängen konnte. Wenn man vor einem Bild stand und die richtige Nummer eintippte, dann erzählte eine Stimme etwas zu dem Kunstwerk.

Manche Besuchende freuten sich, andere kamen schon nach wenigen Minuten zurück an den Stand und legten den Guide zurück wie ein kostenloses Magazin.

Meine eigentliche Arbeit: drei Stunden gerade und aufrecht dasitzen, ohne dabei einzuschlafen. Graue Steinflächen, stumme Gesichter, Schritte wie Sekundenzeiger im Raum. Unter dem Tresen befanden sich die Ladebatterien für die Geräte. Im aufgeladenen Zustand leuchteten sie grün, sodass der Fußraum in einem schwachen, laserartigen Licht schimmerte. Ich erinnere mich, wie ich nach den Lichtpunkten tastete, meine Fingerkuppen auf die kleinen grünen Sterne legte.

Mein damaliger Entschluss, mir alles anzuhören, die Gemäldesammlung komplett durchzuarbeiten, mich zu bilden, Nummer für Nummer, Raum für Raum. Aber wenn ich vor einem Bild stand, das Millionen wert war, passierte nichts. Ich hätte genauso gut eine Wand anstarren können. Auch der Audio-Guide half nicht weiter. Sah ich das Bild eines Bauernhofs unter grau bewölktem Himmel und gab die Nummer ein, dann sagte die Stimme so etwas wie: »Bauern gehen ihrer Arbeit nach, Regen kündigt sich an, ein Gemälde wie aus dem kargen Leben geschnitten.«

*

Eine ältere Meldung in der Süddeutschen Zeitung: Eine Reinigungskraft (»Putzfrau«) habe im Jahr 2011 einen Trog im Museum in Dortmund gesäubert und damit ein Kunstwerk beschädigt (»800 000 Euro weg mit einem Wisch«). Nachdem Mitarbeitende angehalten seien, einen Abstand von mindestens 20 Zentimetern zu den Kunstwerken einzuhalten, müsse nun geklärt werden, lese ich, »ob die Firma ihre Mitarbeiter ausreichend geschult habe«. Der Vorfall erinnere an »ähnliche Zerstörungen von Werken von Joseph Beuys«. So sei seine Fettecke bei Putzarbeiten 1973 »einfach weggewischt« worden.

Ich stelle mir vor: Reinigungskräfte bei einem geführten Rundgang durch die Ausstellung, wie ihnen alles über die Kunstwerke erzählt wird, Nummer für Nummer, Raum für Raum.

Ich denke: Ein schmutziges Waschbecken ist nicht nur Kunst, sondern auch ein schmutziges Waschbecken.

Ich frage mich: Wie lange müsste die Frau wischen, um 800 000 Euro zu verdienen?

Ich glaube: Ihre Idee von Weltrettung war Gewissenhaftigkeit.

Die feministische Künstlerin Mierle Laderman Ukeles hat im Jahr 1973 in einem Museum in Connecticut, USA, in einer Kunstaktion den Boden gewischt. Sie bezeichnete sich selbst als »Wartungs-Künstlerin«.

Vor einigen Jahren war ich Stipendiat in einem Künstlerhaus. Weinreben in den Hügeln, Mandelbäume entlang der Straßen, Menschen mit Weingläsern in barocken Höfen: Ich sehe mich, wie ich am Gartentisch sitze, nahe der Umfriedung, mit übereinandergeschlagenen Beinen. Ich höre zu, nicke, höre zu. Der Professor, der hier wohnt, ein freundlicher Mann mit runder Brille und zerzausten Haaren, erzählt von Neuer Musik, von Architektur und Literatur. Um nichts Falsches zu sagen, sage ich nichts. Zwischendurch verschwindet der Professor in seinem Weinkeller und stellt kurz darauf eine neue Flasche auf den Tisch. Die verschiedenen Geschmacksnoten, von denen er spricht, schmecke ich nicht.

Mit verschränkten Armen auf dem Rücken durch die dunkle, stille Kathedrale. Der Professor hat mich und den jungen Komponisten zu einer Führung eingeladen, er spricht von der Geschichte des Speyerer Doms. Ich nicke andächtig, höre zu, nicke andächtig. Unwillkürlich lege ich meine Hand ans Kinn, als der Professor nach oben zum Gewölbe zeigt, um auf die sichtbaren Unterschiede der verwendeten Steine und auf die verschiedenen Bauphasen aufmerksam zu machen.

Ich sitze an einem großen Tisch, zusammen mit anderen Autorinnen und Stipendiaten. Der Professor lobt mich. Er sagt, dass kein Stipendiat vor mir die Künstlerwohnung so sauber hinterlassen habe wie ich.

Ich liege im Bett, ein durchwühlter Morgen. Eine Taube landet auf dem Fensterbrett, die Krallen erzeugen ein unangenehmes Geräusch. Der Vogel glotzt, pickt, glotzt, fliegt davon.

Nach dem Aufstehen bekomme ich plötzlich einen Putzanfall, ich mache alles sauber, spüle, sauge, wische alles ab, bringe den Müll runter, putze den Kühlschrank.

»Schön bescheuert! Putzfrau schrubbt Kunstwerk kaputt« (bild.de)

Im Theater bekam ich nach Vorlage des Berlinpasses – eines Ausweisdokuments mit Foto, Stempel und dem Schriftzug »Öffne dir die Stadt!« – eine ermäßigte Sozialkarte. Sie kostete nur ein paar Euro, so konnte ich mir den Besuch leisten. Aber ich musste alles erst erlernen: Wie man sich verhält, sich durch die Räume bewegt, an den Sitzenden vorbeigeht (mit zugewandtem Gesicht), die Pausen verbringt, an welchen Stellen man klatscht und an welchen nicht. Was ich schon konnte: drei Stunden einfach dasitzen, ohne einzuschlafen.

»Ein schmutziger Bauer, der sich in die feine Abendgesellschaft geschlichen hat.«

Ich denke mir mögliche Texte für den Audio-Guide aus.

*

Gastraum: Wenn mein Vater vorne stand, ging ein Riss durch die Wirtschaft. Meine Mutter konnte die Räume wechseln, zwischen Gaststube und Küche hin- und herlaufen, aber mein Vater wirkte, wenn er in der Wirtschaft stand, fehl am Platz. Wie ein Techniker im Theater, der plötzlich auf der Bühne steht.

Durchreiche und Schwingtür: zwei getrennte Sphären miteinander verbindend. Stress, Kommandos und Hitze auf der einen, Gelächter und ausgelassene Stimmung auf der anderen Seite. Es gab eine Stelle, neben der Theke, an der Wand, an der ich weder von den Gästen noch vom Küchenpersonal gesehen werden konnte, eine Art toten Winkel.

Saal: hohe Decken, Holzböden, eine Bühne und Sitzplätze auf einer Empore. Wenn der Boden im Saal frisch gewachst wurde, saß ich auf der Poliermaschine. Meine Schwester steuerte das Gerät, eine Kreuzung aus Staubsauger und Rasenmäher, nach links, nach rechts, stundenlang saß ich in dieser Pendelbewegung.

Veranstaltungen, die im Saal stattfanden: Bauerntheater, Faschingsbälle, Tagungen und Kongresse. Mein Vater arbeitete den ganzen Tag an warmen und kalten Platten fürs Büfett, in der Küche und im Service herrschte Unordnung, überall liefen Aushilfen herum. Meine Freude, wenn überall Menschen waren, festlich angezogen, in guter Laune. Ich lief vorbei an Anzügen und Kleidern, schlich mich bis unter die Bühne, durch einen kleinen Gang bis zu dem Schacht, wo eigentlich die Person sitzt, die den Menschen auf der Bühne den Text zuflüstert. Als wäre ich gar nicht da.

Untergeschoss: Fleischkühlung, Gemüsekühlung, Bierkühlung, Lagerräume, Fernsehzimmer, Kegelbahn und eine weitere Gaststube, die zur Wirtschaft gehörte, aber immer geschlossen war – das Bierstüberl. Ein paar Tische, eine Theke, im Boden verschraubte Drehstühle an der Bar.

Fleischkühlung: graue Wände, geriffelte Bodenplatten aus Metall, Kisten mit in Plastik eingeschweißten Fleischstücken, Lyoner in roter Haut an großen Haken. Eine Tür weiter der Gefrierraum, ein Raum im Raum. Nebliger Wasserdampf entwich, sobald man die Türen öffnete. Die Wände mit einer dünnen weißen Eisschicht überzogen. Innen ein roter Hebel, sodass man die Tür jederzeit öffnen kann und nicht erfriert, wenn sie doch einmal zufällt. Manchmal schloss ich die Tür hinter mir, ganz kurz. Für ein paar Schocksekunden, um mich dann selbst zu befreien.

*

Wie ich den Guide vorführe, gestikuliere, wahllos Nummern eintippe, älteren Menschen beim Umhängen helfe, als würde ich ihnen einen Orden verleihen.

Die Stimme des Audio-Guides »erklärte«, was deutlich zu sehen war, was *sogar* ich sehen konnte, was folglich nicht erklärt werden musste. Erst jetzt entdecke ich hinter dieser Einschätzung mein fehlendes Kunstverständnis, hinter der scheinbaren Einfachheit einen bestimmten Code, eine Sprache der Andeutungen, Anspielungen und Schlüsselwörter.

Dieses unscheinbare *sogar*. Es verrät alles.

Nachdem ich das Buch von Menasse gelesen hatte, stellte ich mir verschiedene Aktionen im Museum vor: Ich sitze hinter meinem Verkaufsstand, nehme, vermutlich kurz vor Feierabend, die Audio-Geräte aus der Ladestation und schlage sie wie Kokosnüsse auf dem Tresen auf, ein Gerät nach dem anderen. Das Geräusch von umherfliegendem Plastik. Die Aufseher, die sich zwischen Panik und Gelassenheit auf mich zubewegen. Oder ich werfe die Audio-Guides allesamt auf einen Haufen und zermalme sie mit einer großen Poliermaschine. In einer weniger dramatischen Version schraube ich die Gehäuse auf und lösche alle Aufnahmen.

Wenn die Besuchenden eine Nummer eintippen, kommt meine Sprecherstimme:

»Das Werk, das Sie vor sich sehen, ist eine codierte Botschaft.«

»Wenn Ihnen dieses Gemälde nichts sagt, liegt es nicht an Ihnen. Sondern daran, dass Ihnen ein bestimmter Code nicht beigebracht wurde.«

»Schauen Sie genau hin. Die Oberflächen, die Ecken, die Böden. Wie sauber es hier ist.«

*

Der Sachverständige der Pinakothek schätzte die Herbstlandschaften auf 160 und 200 DM.

Meine Eltern verkauften die Bilder nicht und hängten sie zurück an ihren Platz über dem Stammtisch.

*

Die nicht zu beantwortende Frage, welche Hoffnungen mit dem Schreiben dieses Textes verknüpft sind.

Als würde man durch ein großes Gebäude laufen, von Raum zu Raum, auf der Suche nach dem Lichthof, den man während des Rundgangs immer wieder erblickt hat.

Im Künstlerhaus in der Pfalz: Ein Verleger steht neben mir am Büfett und kommt ohne Umwege auf meinen Namen zu sprechen. Er will wissen, ob ich mich in meinen Texten mit »Herkunft & Migration« auseinandersetzen würde. Ich sehe das »&«, so wie der Verleger das

Begriffspaar ausspricht, deutlich vor mir. Ich verneine, ohne eine Erklärung abzugeben. Der Verleger nickt, legt ein weiteres Canapé auf seinen Teller und geht zurück in den Saal.

Am Abend füllt der Professor einen seltenen Wein in die Gläser. Von dunkelgelber, beinahe goldener Farbe. Sein erstarrter Blick, als ich, statt zu nippen, einen normalen Schluck nehme.

Wenn sich die Wirklichkeit so sehr verdichtet, dass sie ihre Glaubwürdigkeit verliert:

Als ich ein Buch aus der Bibliothek aufschlage und ein Zettel herausfällt. Ein Flyer für eine Kunstausstellung aus dem Jahr 2005. »Wenig wertgeschätzt, schlecht bezahlt – aber unverzichtbar – ist die Arbeit des Reinigungspersonals.«

Der Straßenzeitungsverkäufer, der in die Berliner Ringbahn steigt, ein großes, gerahmtes Bild unter dem Arm. Der Mann stellt das Bild ab, nennt den Fahrgästen seinen Namen und verkauft das Comic-Magazin *Die S-Bahn-Reinigerin*.

Auf Amazon: »Mit dem Floorboy wird Ihr Boden glänzend gepflegt.« (Produktbeschreibung einer Poliermaschine)

Die Frau meines Vaters erzählte mir davon, wie sie einmal das Draht-Kunstwerk im Foyer des Hotels sauber machen musste, zusammen mit Kolleginnen und Hausmeistern, mit einem Dampfstrahler und einer Hebebühne.

Eine Lesung in der Kunstakademie: Ich betrete die Halle wie ein Gast, wie ein Zuhörer, wie jemand, der seine Anwesenheit einem glücklichen Zufall zu verdanken hat, selbst wenn er hier lesen wird. Ich schleiche herum, blicke durch Glastüren und Innenhöfe, gehe auf die Toilette, ohne wirklich zu müssen, verlasse das Foyer wieder und umkreise schlendernd das Gebäude. Ich setze mich an einen Tisch am Rand und rede mit niemandem. So fällt den anderen am wenigsten auf, dass ich gar kein Autor bin. Ich bin seltsam ruhig und unaufgeregt, wie ich etwas aufgeregt feststelle. Als hätte ich mich innerlich schon damit abgefunden, gleich auf der Bühne entlarvt zu werden.

Scheinwerfer, Mikrofon, ein Tisch. Jemand stellt mir ein Glas Wasser hin. Die Person ist keine Kellnerin, erkenne ich sofort, an dieser Art, sich beim Gehen auf das Glas in der Hand zu konzentrieren. Was der Arbeit in der Gastronomie Eleganz verleiht, ist das Bemühen, es nicht nach Arbeit aussehen zu lassen, denke ich in diesem Moment.

Dann lese ich einen Teil des Fett-Textes. Immer wenn ich das Wort »Pommes« ausspreche, erzeugt das Mikrofon beim P ein kleines Knallgeräusch.

Nach der Veranstaltung kommt jemand auf mich zu und empfiehlt mir einen Film, eine Dokumentation mit dem Namen *80 000 Schnitzel*. Mein seltsamer Gedanke, dass die Pommesstreifen aus meinem Text (80 000) nicht zu dem Film passen würden, weil es nur eine Pommes pro Portion wäre.

Zum ersten Mal schreibe ich über meine Angst, fehl am Platz zu sein, als wäre die Sorge, sich am falschen Ort zu befinden, ertappt und entlarvt zu werden, all die Jahre selbst deplatziert gewesen.

Zwischen Lichtlöschen und Schlaf eine kleine Fantasie: Ich gehe von einem Raum in den anderen, betrete den großen Saal, bewege mich zur Mitte. Ich springe hin und her, drehe Pirouetten wie ein Balletttänzer. Auf einem frisch polierten Boden, in Socken, auf glänzendem Parkett.

Der Freund der Malerin, die mit mir im Künstlerhaus wohnt. Er ist selbst Künstler, redet von Kunst, zeigt auf Kunst, rümpft die Nase bei Nicht-Kunst. Er erzählt von einer Ausstellung in der Nähe und fragt mich, ob ich mitkommen möchte. Ich antworte, dass ich Besuch erwarten würde, was der Wahrheit entspricht und mir gelegen kommt, ich will nicht mit ihm in eine Ausstellung. Wir hätten etwas anderes vor, ergänze ich. »Wieso, habt ihr keine Kultur?«, sagt der Freund und lächelt. Ich denke, ein Witz, es muss einer sein. Aber er scheint es ernst zu meinen.

In den nächsten Wochen bemühe ich mich, sein ästhetisches Empfinden mit meinem Unterschichtenverhalten zu stören. Ich gehe zur Dönerbude, zu McDonald's, schaue Reality-TV, erzähle vom Abend im Multiplex-Kino, laufe in Jogginghosen herum.

Weitere fragmentierte Erinnerungen an die Zeit im Künstlerhaus:

Das antike Bettgestell ist viel zu kurz, also schiebe ich die Matratze an die Wand und schlafe auf dem Boden.

Fliegen, die von innen gegen die Fensterscheiben prallen und verrückt geworden auf dem Fensterbrett rotieren. Am Ende entferne ich sie mit dem Staubsauger.

Wie ich im Innenhof stehe und mit meiner Hand über die lang gewachsenen Blätter der Agaven streiche.

Das Start-up Catapult bietet Westen aus speziellem Material an, mit denen Bewegungsdaten beim Sport erstellt werden können. »Wertvolle Informationen, insbesondere wenn wir wissen möchten, was mit unseren Spielern auf dem Platz tatsächlich passiert.« (catapultsports.com)

Daraufhin den ganzen Tag die Vorstellung gehabt, ich wäre mit einem Gerät ausgestattet, das die eigenen Umgangsformen, Bewegungen und körperlichen Verhaltensweisen aufzeichnet und analysiert. Eine Stimme im Ohr, die mir ständig zuflüstert und kommentiert, wie ich mich verhalten soll (»Social-Guide«).

»Wenn ein Einzelner mit anderen zusammentrifft, versuchen diese gewöhnlich, Informationen über ihn zu erhalten oder Informationen, die sie bereits besitzen, ins Spiel zu bringen. Sie werden sich für seinen allgemeinen sozialen und wirtschaftlichen Status, sein Bild von sich selbst, seine Einstellung zu ihnen, seine Fähigkeit, seine Glaubwürdigkeit und dergleichen interessieren.« (Erving Goffman)

Ich laufe in Richtung Landwehrkanal, an eine weniger belebte Stelle. Ich trage ein Hemd und einen Mantel, dazu feste Lederschuhe. Meine Gangart verändert sich, vom Gehen zum Schreiten. Ich genieße es, wie sich meine Kleidung mit zunehmender Selbstverständlichkeit über meinen Körper legt, in meine Bewegungen einschreibt, sie formt, angenehm festzurrt und gleichzeitig sanft und elegant werden lässt.

Ich habe Strategien entwickelt, um nicht aufzufallen, um mich einigermaßen sicher durch diese Räume zu bewegen.

Dennoch immer wieder der Gedanke: Etwas wird mich verraten.

Einmal finde ich einen Modekatalog, morgens auf dem Schreibtisch, hingelegt von einem der anderen Mitarbeitenden.

Mit einem Bekannten gehe ich in eine Bar. Wir unterhalten uns über »class & art«. So lautete der Betreff meiner an ihn gerichteten E-Mail. (Seine Antwort: »such an important topic!«) Der Bekannte kommt aus Paris, lebt jetzt in Berlin und arbeitet in einer Galerie. Er erzählt mir, dass er diejenigen, die selten in einer Galerie sind, daran erkennen würde, dass sie verwundert seien, nichts für den Besuch bezahlen zu müssen. Ich frage ihn, ob es überall auf der Welt üblich sei, dass Galerien nichts kosten, und bemerke erst hinterher, mich dadurch selbst in das Muster begeben zu haben. Zudem verhielten sie sich oft sehr leise, erzählt er, »as if they would be in a museum«. »But they are, somehow, aren't they?«, antworte ich.

Vor uns auf dem Tisch steht ein Glas mit gesalzenen Erdnüssen, das ich im Laufe des Gesprächs leere. Zuerst picke ich immer wieder einzelne Nüsse heraus, dann, als wir etwas angeregter diskutieren, fülle ich eine Hand nach der anderen.

Mit einer Freundin tausche ich mich, nur ein paar Tage später, ebenfalls zu diesem Thema aus. Sie spricht von prekären Arbeitsbedingungen, von unbezahlter Arbeit, vom Gefangensein in einem Kunstsystem, das von Geld, Reichtum und Luxus bestimmt sei, während viele Kunstschaffende gleichzeitig ausgebeutet würden. Ich stimme ihr zu, will aber auf etwas anderes hinaus, auf die Privilegien, die Codes, die Ausschlüsse. Der Widerspruch von Bevorteilung und Benachteiligung löst sich in dem Moment auf, als die Freundin anmerkt, dass die meisten Kunstschaffenden zwar nicht von ihrer eigenen Arbeit leben könnten, aber aus sicheren, wohlhabenden Verhältnissen kämen. Anders könne man sich den prekären Status gar nicht leisten.

»Wenn Sport der Bruder der Arbeit ist, dann ist Kunst die Cousine der Arbeitslosigkeit.« (Thomas Kapielski)

Wenn Kunst die Cousine der Arbeitslosigkeit ist, dann sind vermögende Verhältnisse die Familie.

Im Film *The Square* von Ruben Östlund wird eine Installation aus Kieselsteinen von einer Reinigungskraft beschädigt. Das Geräusch von splitternden Steinchen, die im Staubsauger landen.

Eine Passage bei Thomas Bernhard: »Diese Kunstkenner sind mir aber alle zutiefst zuwider, sagte Reger, sie gehen geradeaus auf ein einziges Kunstwerk zu und überprüfen es auf ihre schamlose skrupellose Weise und gehen wieder aus dem Museum hinaus, ich hasse diese Leute, sagte Reger. Umgekehrt dreht es mir auch den Magen um, wenn ich den Laien im Museum sehe, wie er alles kritiklos in sich hineinfrißt, an einem einzigen Vormittag möglicherweise die ganze abendländische Malkunst [...]«

Immer schärfere Grenzziehungen »nach unten« – gegenüber dem Fernsehen, billigen Hits, Kitsch, Schund, Mainstream, Fast Food etc. –, die sich vor allem gegen mich selbst richteten. Pausenlos lief ich ins Theater, ins Museum, zu Konzerten, *sogar* in die Philharmonie – in einer Art Überkompensation. Wie sehr ich die Urteile übernommen und verinnerlicht hatte, wurde mir erst im Laufe der Jahre bewusst.

Ich bleibe in einem ständigen Seitenwechsel, in einem Hin und Her gefangen, im »Umgekehrt«. Wie ein Doppelagent, der in beiden Welten zu leben gelernt hat, sich aber keiner Seite wirklich verpflichtet fühlt.

Bei einer Lesung: Wieder beinahe eingeschlafen. Starre Körper, mumifizierte Blicke, Hüsteln. Ein Mann neben mir trägt Anzug, Schal und schmatzt an einem Bonbon, das gar nicht da ist. Übereinandergeschlagene Beine, sein Lederschuh umkreist einen Punkt in der Luft. Der Autor auf der Bühne zitiert Friedrich Schiller: »Man wird aus den Reden eines Menschen zwar abnehmen können, für was er will gehalten sein, aber das, was er wirklich ist, muss man aus dem mimischen Vortrag seiner Worte und aus seinen Gebärden, also aus Bewegungen, die er nicht will, zu erraten suchen.«

In mir Zustimmung, aber auch Abneigung.

Schiller-Zitate in der Öffentlichkeit, ich spüre eine leichte Form von Ekel, als hätte ich etwas Unappetitliches gegessen.

Etwas in mir will mit ihnen, diesen Klugscheißern und Schlaumeiern und Besserwissern (von denen ich ja selbst einer geworden bin), nichts zu tun haben. Immer auch von dort weg, wo ich jetzt bin.

Unsere Kultur (Auswahl):

Die Sammlung von Konsalikbänden meiner Mutter.

Ihre Leidenschaft für Roy Black, sowohl für den Sänger als auch den Schauspieler.

Schlagerplatten von Roland Kaiser, Howard Carpendale und Roger Whittaker.

Die geknüpften Bilderteppiche, darunter eine zwei mal einen Meter große Weltkarte und ein schwarzer Panther.

Die Bildzeitung, die meiner Mutter jeden Tag von einem Stammgast gebracht wurde, wobei dieser immer »Für Evi« auf die erste Seite schrieb.

Meine Schwester, die Puzzles macht, einrahmt und aufhängt.

Poster von Roxette, ihrer Lieblingsband.

Die Videosammlung meiner Mutter. Ein Regal mit

selbst beschrifteten Kassetten. Wenn meine Mutter in der Wirtschaft war, nahm ich Filme für sie auf. Sie umkringelte die betreffende Sendung in der *TV Movie* mit einem Kugelschreiber und legte eine VHS-Kassette daneben.

Seltsamerweise nur Dinge, die im Zusammenhang mit meiner Mutter und meiner Schwester stehen. In meiner Erinnerung hat mein Vater keine Platte und kein Buch besessen und auch sonst nicht viel für den Besitz von Dingen übrig gehabt.

Dann doch ein paar väterliche Details:

Hey Joe, von Jimi Hendrix, in Endlosschleife auf einer selbst gebrannten CD.

Nachts Western gucken im Fernsehen.

Die Zeichnung, die einen Koch mit großer Mütze vor einem riesigen Topf zeigt. Mein Vater hatte sie von einem Gast geschenkt bekommen. Ein anderer Gast hatte sie ihm wieder geklaut.

Ist es möglich, von diesen Dingen zu sprechen, ohne am Fortbestehen und Wiederholen der Hierarchien mitzuwirken? Ohne den Glauben zu vermitteln, dass einige Dinge höherwertiger und geschmackvoller wären als andere?

Vielleicht so: Die Weltkarte, die bei uns im Wohnzimmer hing, war von meiner Mutter in Handarbeit geknüpft worden, sie war flauschig und weich, man konnte hineinfassen, quasi eintauchen, in Kontinente aus sanften Wollspitzen. Über den beiden Erdhälften stand der Schriftzug »Orbis Terrarum«, ein Begriff aus der römischen Antike, der so viel heißt wie »der bewohnte Kreis der Erde«.

Oder so: Wenn mein Vater im Fernsehzimmer, das sich im Keller unter der Küche befand, Western guckte, schaute ich mit und schlief, mit dem Kopf auf seinem Bauch, ein.

Ich packe meinen Laptop und verlasse die Wohnung. Im Bus der Linie M29 setze ich mich nach oben, in die erste Reihe. Ein gläserner Raum, der sich wie die Gondel einer Seilbahn durch die Straßen bewegt.

In einer Bushaltestelle sehe ich einen Wohnungslosen, der auf der Bank sitzt und ein Buch liest. Ich sehe ihn öfter, immer lesend, das gewellte Buch in der Hand, ganz nah am Gesicht, wie eine Zigarette. Manchmal sehe ich den Mann am Hermannplatz, im Untergeschoss, wo es zu Karstadt geht. Er steht an der gelb gekachelten Wand, neben dem Aufzug, ohne sich nach den U-Bahnen oder Menschen umzublicken, und raucht an seinem Buch.

Im Foyer der Staatsbibliothek sitzt eine Frau am Fenster, mit Filzmantel und mehreren prallen Plastiktüten. Sie hat den Sessel in Richtung der Fensterfront gedreht, knetet etwas Festes in ihren Händen (das vielleicht wirklich da ist) und blickt nach draußen. Sie ist immer hier, wenn ich da bin. Dort am Fenster, etwas abseits, ist ihr Platz. Meine Vorstellung, sie würde schon seit vielen Jahren an einem großen Werk arbeiten, hier im Sessel sitzend und grübelnd, alles zuerst vollständig zu Ende denkend, bevor sie sich ans Schreiben macht.

Bevor es dunkel wird, packe ich meine Sachen und fahre nach Hause.

Einmal habe ich ein Puzzle zusammengesetzt und es danach mit schwarzer Farbe angestrichen. Ich wollte die 1000 schwarzen Teile in eine Box legen und jemandem schenken. Die schwarze Farbe war die falsche, sie verklebte alles, sodass man die Teile nicht mehr auseinanderbekam. Eine Weile stand das schwarze Viereck im Spalt hinter dem Schrank. Irgendwann warf ich es in den Müll.

Wo landet man, wenn man, von seiner Herkunft entfremdet, mit aller Kraft woanders ankommen möchte und dieses Ankommenwollen immer mit dem Ursprung verbunden bleibt – als würde man sich von einem Ort entfernen, aber rückwärtsgehen, immer mit Blick zurück, jeder Schritt ein Schritt »von dort weg« –, wo landet man also, wenn man sich dieser Rückwärtswegbewegung bewusst wird, sobald man angekommen ist, und feststellt, dadurch nie wirklich anzukommen?

Vielleicht ist ein Aufsteiger kein Kletterer, sondern jemand, der, vorsichtig tastend, von einem Raum in den anderen geht.

Die Vor-und-zurück-Bewegung fortlaufend wiederholend, an der Schwelle verharrend, den Blick immer dorthin gerichtet, wo man gerade nicht ist.

Kein Deserteur oder Flüchtiger oder Verräter, ein »Klassenübergänger« (Chantal Jaquet).

Das Bild von der Sonne in meinem Zimmer. Ich sehe mir die Signatur genauer an, zum ersten Mal, »J. Berger«. Im Internet finde ich einen bekannten Künstler gleichen Namens.

Vielleicht hat es doch nicht die Tochter des Mannes gemalt, der es mir verkauft hat. Kurz habe ich den Impuls, ins Museum zu fahren und das Bild schätzen zu lassen.

Während meines letzten Besuches bei meiner Schwester sehe ich mir in ihrer Wohnung alles genau an, jedes Bild, jedes Detail, als befände ich mich im Museum (oder in einer Galerie). Ihre Puzzles an den Wänden, die verschiedenen Motive, Paris, London, Dubai, Sandstrände, Bücherregale, Palmen. Ein Puzzle hat das Motiv eines Puzzles, zeigt also selbst wiederum das Bild eines unfertigen Puzzles (was mich wahnsinnig macht). Wenn alle Teile richtig gelegt sind, sieht man Teile, die sich über einen Tisch verteilen.

Den ersten Essay, der von mir erschienen ist, hat meine Schwester aus der Zeitung ausgeschnitten, eingerahmt und an die Wand gehängt. Meine Scham beim Anblick dieser seltsamen Wanddekoration. Eine andere Form von Scham, nicht der Herkunft, sondern der Ankunft, einer viel zu späten und eigentlich nie richtig erfolgten. (Das Bild gleicht gewissermaßen dem doppelten Puzzle.)

Dann zeigt sich doch eine Hoffnung im Zusammenhang mit diesem Text: die Zeit der Beschämung beenden.

Ich stelle mir vor, wie meine Schwester vor den 1000 schwarzen Teilen sitzt, die ich ihr zum Geburtstag schenke, und wie sie es tatsächlich schafft, das Schwarz zusammenzusetzen, Stück für Stück, von den Rändern her zur Mitte.

Zwei Bilder, die, für eine kurze Zeit, Millionen wert waren.

Auf die Frage, woher die Gemälde kamen und wo sie geblieben sind, hat mein Vater keine Antwort.

Ein Muster sich kreuzender Saiten

Als Kind dachte ich, der rote Sand komme von weit her, aus einem fernen Land, einer mir unbekannten Wüste.

Wie ich die Matte hinter mir herziehe, die Schuhabdrücke lösche, begleitet von einer roten Staubwolke. Die weißen Linien, die das umzäunte Areal in Felder unterteilen, säubere ich mit einem Besen. Um die eben erst hergestellte Glätte der Sandschicht nicht zu ruinieren, bleibe ich auf der weißen Linie, balanciere vor und zurück.

Ein 30-seitiges PDF, ich scrolle, lese, markiere einzelne Zeilen. Ich bilde mir ein, dass in den arabesken Formulierungen, im Wortüberschuss etwas Spezifisches zum Ausdruck kommt. »Die Schlagfläche muss flach sein und aus einem Muster sich kreuzender Saiten bestehen, die abwechselnd unter- und übereinander geführt werden. Das Besaitungsmuster muss völlig gleichmäßig sein und insbesondere in der Mitte nicht weniger dicht sein als in irgendeinem anderen Bereich.« (Tennisregeln der International Tennis Federation)

Am Arbeitstisch, der auch mein Küchentisch ist, sehe ich mir Fotos von Fotos an. Meine Schwester, die einige Familienalben besitzt (zweireihiges, längliches Format, aus Plastik, vom Drogeriemarkt), hat einige Bilder abfotografiert und mir geschickt.

Eines zeigt mich als Kind, wie ich ungefähr mit zehn Jahren vor einem geschmückten Weihnachtsbaum stehe. Der Aufdruck auf meinem Pullover: »Football UA Sport«.

Ein weiteres von mir in meinem Zimmer: Ich stehe in grellgrünen Radlerhosen auf einem Bein und vollführe so etwas wie einen Karateschlag. Als ich in das Bild hineinzoome, entdecke ich, auf dem Boden im Hintergrund, ein von mir gemaltes Bild, mit Filzstift auf Karton, einen Tennisplatz, in schwarzen Linien. Daneben ein Spieler, der außerhalb des Platzes steht.

Ein Farbfoto von einem Schwarz-Weiß-Bild: Es zeigt meinen Vater beim Spiel. Im lockeren Lauf, konzentriert auf den nächsten Ball. Er trägt ein weißes Polo-Hemd, kurze weiße Hosen, weiße Socken und weiße Sportschuhe. In seiner Hand ein Tennisschläger aus Holz. Er sieht jung, schlank und sportlich aus. Das Original der Aufnahme befindet sich, solange ich denken kann, egal in welcher Wohnung, in der Nähe meines Vaters. Auf einer Kommode, an der Wand, neben seinem Bett. Als würde die Aufnahme den Gewinn eines großen Spiels bezeugen.

In einem Blog-Beitrag: »Tennis ist ein Sport für alle Altersklassen!« Im ersten Moment lese ich: »Tennis ist ein Sport für alle Arbeitsklassen!«

*

Am Nachmittag hatte mein Vater eine Stunde Pause, in der wir uns oft gemeinsam Spiele ansahen. Im Fernsehzimmer unten im Keller. Oft musste mein Vater zurück nach oben, um die Küche für den Abend vorzubereiten, bevor das Spiel zu Ende war. Ich erinnere mich, wie ich weiterschaute und nach jedem Satz die Treppe hochlief, um meinem Vater den Spielstand mitzuteilen.

Mein Spiel alleine gegen das Garagentor. Herr Dobler, der Hausmeister, der wie ein Schiedsrichter auftauchte, schimpfte und mich des Platzes verwies. Er war der Ansicht, die Holztore würden durch meine Bälle beschädigt.

Ich bekam Tennisstunden. In einer Vierer-Gruppe, nicht zu groß, nicht zu teuer. Mein Tennisoutfit: ein weißes T-Shirt und Sportschuhe aus dem Quelle-Katalog, dazu eine bunte Badehose. Der Tennislehrer, der zu mir sagte, dass meine Sportschuhe keine richtigen Tennisschuhe seien und den Sandplatz ruinieren würden. Ab da das Gefühl, ich würde mit jedem Schritt den Platz kaputt machen.

Die beiden Tennisfreunde, mit denen ich im Sommer oft spielte und die der Grund dafür waren, warum ich aufs Gymnasium wollte.

Mein Vater sieht sich bis heute jedes wichtige Spiel im Fernsehen an. Wenn nicht live übertragen wird, verfolgt er die Spiele über den Teletext. Man sieht die Namen der Spielenden und weiße Ziffern vor schwarzem Grund. Die Ziffern ändern sich permanent, das laufende Spiel ist rot markiert. Diese Art, Tennis »zu schauen«, erinnert mich daran, wie ich meinem Vater den Spielstand aus dem Keller zugerufen habe.

*

Einige Monate sind vergangen, seitdem ich mit der Arbeit an den Texten über meine Familie und mich begonnen habe. Etwas fühlt sich nicht richtig an. Die Empfindung taucht immer wieder auf, in einer unklaren und doch intensiven Form, wie ein stechender Geruch, dessen Ursprung sich nicht ausmachen lässt. Eine gewisse Form von Abscheu, meine Familie und meine persönliche Geschichte in literarisches Material zu verwandeln. Das Unbehagen haftet diesem Vorhaben seit der ersten Zeile an, ist wie die faulige Unterseite dieses Textes.

Die sich immer wieder aufdrängende Frage, für wen das alles eigentlich geschrieben ist. Für ein bildungsbürgerliches Publikum, das Geschichten von »da unten« lesen will? Um in Gesprächen zu beweisen, auch diese Form der Ungleichheit (wie andere auch) zu kennen und rhetorisch zu beherrschen? Oder schreibe ich den Text für mich, als Beweis, selbst nicht mehr »unten« zu sein?

Am Abend sehe ich mir ein Video im Internet an. Ein Hallenplatz in grün, die Felder wirken geschrumpft, das Netz hängt tief. Tennisspielende mit schützenden Augenbinden. Der Ball rasselt bei jedem Schlag, als befände sich darin eine Schachtel Nägel vom Baumarkt. Blinde, die sich nicht mit den Augen, sondern mit den Ohren auf dem Platz orientieren. In Socken, ohne Schuhe. Wo die Linien sind, spüren sie mit ihren Füßen.

Den Film *Die rote Wüste* von Antonioni gesehen, in der irrigen Hoffnung, es kämen Bilder von roten, weiten Sanddünen darin vor. Stattdessen Fabrikhallen, Maschinen, industrielle Zwischenwelten. Die Sinnkrise einer Frau in einer wüsten, entfremdeten Gegend. Ein Satz der Protagonistin, der dennoch eine Verbindung zu mir herstellt. »Ich habe alles versucht, um in die Wirklichkeit zurückzufinden.«

Ein weiteres Foto von einem Foto: meine Eltern, als sie jung waren, bei Freunden in England. Es gibt viele Fotos von dieser einen Woche, da die Freunde – im Unterschied zu meinen Eltern – viel fotografierten. Die Farben sind stark ausgeblichen und haben im Laufe der Jahrzehnte einen Rotstich bekommen. Einige Aufnahmen zeigen einen Ausflug zum Strand. Auf einem Abzug ist kein Mensch zu sehen, nur eine rote Fläche aus Sand.

Ich verlasse die Wohnung und gehe durch die Straßen, überquere die stark befahrene Allee und laufe zum Supermarkt. Es dämmert, der Himmel eine blaugraue Kuppel über der Stadt. Von einem Baum, direkt hinter dem Lidl, über dem gelb-blau-leuchtenden Logo mit dem kleinen roten »i«, das aussieht wie ein kleiner Hund, wie mir zum ersten Mal auffällt, löst sich ein Schwarm Stare, kugelförmig und geschlossen, schwillt an und wieder ab, in atmenden Bewegungen.

Später füge ich dem Lidl-Moment etwas hinzu, was ich beinahe vergessen habe:

Ein Mann, dem mein Blick aufgefallen war, blieb neben mir stehen, sah nach oben und fragte erstaunt: »Was ist das, was ist das?«

»Das sind Vögel«, antwortete ich.

»Ach so«, sagte der Mann und ging weiter.

Wenn sich doch alle Fragen so leicht beantworten ließen.

Der »Verhaltenskodex« der ITF, Regel 29, Kontinuierliches Spiel, Punkt b): »Wenn aus Gründen, die außerhalb des Einflusses eines Spielers liegen, dessen Kleidung, Schuhwerk oder notwendige Ausrüstung (mit Ausnahme des Schlägers) kaputt geht oder ausgewechselt werden muss, kann dem Spieler eine angemessene zusätzliche Zeit gewährt werden, um das Problem zu beheben.«

»Gründe, die außerhalb des Einflusses eines Spielers liegen.«

»Eine angemessene zusätzliche Zeit.«

Wochen, Monate, Jahre?

Sommernachmittage auf rotem Sand. Es ist trocken und heiß, die Sonne steht hoch am Himmel. Sie blendet bei jedem Aufschlag. An anderen Tagen fegen Windböen über den Platz, blasen die Netze zu Segeln auf. Roter Staub wird aufgewirbelt. Wind fährt in die Bälle und verfälscht die Flugbahnen. Bei jedem Schlag stehe ich falsch, hektische Kippbewegungen nach vorne und nach hinten. Am Ende des Spiels sind mein T-Shirt und die Socken rot, meine Nase ist sandverkrustet. Auf der Haut ein dünner Film aus rotem Staub.

Wenn ich mit dem Rad zu den Tennisplätzen fuhr, hatte ich meine Tennisschuhe schon an. In der Umkleidekabine zog ich Papiertücher aus dem Spender, hielt sie kurz unters Wasser und machte die Schuhe sauber. Vor und nach dem Spiel. Wenn ich später irgendwo war, kam es vor, dass ich beim Aufstehen einen kleinen Sandrest hinterließ. Durch das Profil der Schuhe festgedrückt wie bei einem Sandkasten-Förmchen.

Auf einem Blatt Papier, das neben dem Laptop liegt, habe ich, ohne es zu bemerken, Kritzeleien hinterlassen. Beim Telefonieren. Linien, Kreise, schiefe Rechtecke.

Daneben die Schnipsel meiner Arbeit. Ich habe Textmaterial ausgedruckt, in Streifen geschnitten, wie Spielkarten gemischt und immer drei Abschnitte zufällig untereinandergelegt. Meine zerlegte Geschichte setzt sich neu zusammen.

Oft ergeben die drei Streifen keinen Sinn. Manchmal aber scheint mir die willkürliche Reihenfolge die sinnvollste zu sein.

Ich sehe mir das Foto immer wieder an, ohne etwas Besonderes dabei zu entdecken. Mir kommt es so vor, als hätte ich schon jahrelang auf dieses Bild gestarrt. Der Teppichboden in der Tennishalle, dessen Farbe sich auf dem Schwarz-Weiß-Bild nicht erkennen lässt. In meiner Vorstellung ist er grün, ein helles Grün, Rasen, der lange der Sonne ausgesetzt war. Die elegante Kleidung meines Vaters, alles in Weiß, beinahe so elegant wie seine Kochjacke und -hose. Das Netz im Hintergrund, das die Bälle auffängt, sein weißes Handtuch.

Ich lege mich müde ins Bett und nehme eine Tablette gegen Kopfschmerzen. Eine rot-weiße Schachtel. Mir fällt die Antwort meiner Schwester ein, auf die Frage, warum sie damals nach der Hauptschule in der Apotheke angefangen hat: »Mir haben die Tablettenpackungen gefallen.«

Ich schließe die Augen, fahre mit den Fingern über die Blindenschrift der Packung, kleine energetische Kuppen.

*

Bei meinem Vater in Kroatien, gleich neben einer kaputten Hotelruine, liegt ein alter Tennisplatz. Ein wenig ramponiert, aber man kann noch darauf spielen. Die Tür steht immer offen (»Für alle Arbeitsklassen!«). Der Zaun ist an vielen Stellen kaputt, sodass die Bälle ins Gebüsch und auf die Straße fliegen. Ein Granatsplitter hat Löcher in den Betonboden gerissen, die mit Zement wieder aufgefüllt wurden.

Vor ein paar Jahren, als ich ihn besuchte, waren mein Vater und ich jeden Abend dort. Er verausgabte sich immer völlig, um nicht den Eindruck aufkommen zu lassen, er hätte nicht mehr die gleiche Kondition wie früher. Wir hatten keine neuen Bälle, nur solche schmutzig gelben, die nicht mehr richtig vom Boden abspringen, gerade gut genug, um sie entzweigeschnitten auf die Anhängerkupplung zu stülpen. Jeden Abend flogen ein, zwei Bälle durch den Zaun und verschwanden im Gebüsch, sodass wir sie suchen mussten. Wenn es dunkel wurde und ich gehen wollte, suchte mein Vater weiter.

Er wollte immer erst dann gehen, wenn wir alle Bälle gefunden hatten.

Mein Vater hat auch heute noch jeden Tag seinen Schläger in der Hand. Im Garten sitzend, umgeben von Olivenbäumen und groß gewachsenen Agaven, zeichnet er hektische Schleifen in die Luft. Ein Foetsie LC-11 mit gelbem Rahmen und Saiten aus Draht. Drückt man auf einen kleinen Knopf am Handgriff, entlädt sich eine elektrische Spannung, die bei Berührung Fliegen und Mücken erledigt.

*

Einmal auf das Gebiet der persönlichen Erinnerung vorgedrungen, setzt sich das Schreiben über das eigene Leben dennoch permanent davon ab, im Versuch, die Linien freizulegen, die sich in einem kreuzen, aber außerhalb von einem selbst beginnen.

Mein seltsamer Gedanke, das Foto meines Vaters wäre aus einer Zeit, als wir beide noch zusammen gespielt haben. Als hätte ich als Kind mit ihm in dieser grünen Halle gestanden und ein Match gespielt.

Eine Szene wie im Film. Der Ermittler hat eine Wand mit Fotos beklebt und starrt tagelang auf dieselben Abzüge, bis ihm etwas auffällt, ein unbeachtetes Detail, eine Unstimmigkeit. Bei mir ist es ein kleiner schwarzer Strich auf Knöchelhöhe. Obwohl ich die Fotografie schon tausendmal angesehen habe, ist er mir nie aufgefallen. Die Tennissocke meines Vaters, nicht drei, sondern vier Streifen. Nicht Adidas, sondern ein No-Name-Produkt.

Anders als im Film lösen meine Nachforschungen nichts auf, sie fügen nur neue Schichten hinzu. Reale und irreale Dinge überlagern sich. Vielleicht ist das Schreiben keine Ermittlung, keine Untersuchung, sondern eher eine Art Lackierung. Der Text als künstlich erzeugter Beschichtungsstoff, der dünn auf die Gegenstände aufgetragen wird, um sie zu konservieren und ihnen eine andere Farbe zu verleihen.

Meine Sorge, mich sinnlos mit Tennis zu beschäftigen, nichts zutage zu bringen, eine ausgediente Metapher für gesellschaftliche Klassenverhältnisse zu verwenden. Als würde es diesem Text darum gehen, irgendwem irgendetwas zu erklären. Erst später realisiere ich, dass mein Verweilen auf dem Tennisfeld vielleicht einer ganz einfachen Sehnsucht geschuldet ist. Einer Sehnsucht nach dem Spiel. Bilder und Geräusche, die mich bis in den Schlaf hinein begleiten. Die ploppenden Bälle, der von einer zur anderen Seite springende gelbe Punkt, der sich nur verschwommen wahrnehmen lässt, das rauschende Klatschen des Publikums, die Bewegungen an der Grundlinie, eine Choreografie, die im Moment des Spiels entsteht und sich an keiner Stelle wiederholt.

Die grüne Ballwurfmaschine mit der trichterförmigen Öffnung, in welche die Bälle gefüllt werden. Meine kindliche Vorstellung, irgendetwas – einen Apfel, einen Donut, einen Cheeseburger – in diese Maschine zu stecken und herausschleudern zu lassen.

Die roten Felder, von weißen Linien unterteilt, Vierecke und schmale Streifen in verschiedenen Größen, die sich in meiner Fantasie hin- und herschieben lassen wie die geometrischen Formen bei Tetris.

Bei meinen Tennisfreunden zu Hause: wie ich mich durch die großen Räume der Einfamilienhäuser bewegte, immer hinter ihnen her, in Socken über warme Terrakotta-Fliesen, weiche Teppiche, Parkett, auf Treppen nach oben und nach unten.

Wenn ich mit am Esstisch saß, dann so unauffällig wie möglich, ohne etwas zu sagen, als wäre ich gar nicht da. Die Freundlichkeit und Offenheit der Eltern. Später fragte ich mich, warum sie einen wie mich, der sich nicht richtig kleidete, der nach Küche roch, der am Tisch alles falsch machte, in ihre schönen Häuser ließen.

Bei uns in der Familie gab es kein Geld für einen neuen Schläger, keine teure Ausrüstung, aber auch nie eine Diskussion darüber, ob der Tenniskurs weiterbezahlt wird oder nicht. Es war meinen Eltern wichtig. So als hätten sie die Mechanismen dahinter durchschaut.

Einmal rutschte ich auf den letzten Platz der Aufstellung für ein Vereinsspiel. Mein Gegner war jünger und kleiner und nicht besonders gut, stur löffelte er die Bälle zurück. Mit hohen Bällen konnte ich nicht umgehen, ich machte Fehler. Er löffelte noch mehr, schlug immer höhere Bälle. Ich wurde wütend, erst auf mich, dann auf ihn und seine feige Taktik. Meine Bälle flogen nur noch mehr ins Netz. Gedresche, Wutausbrüche, Schlägerwerfen, fast wäre ich über das Netz gesprungen, um ihm eine reinzuhauen. Am Ende verlor ich 1:6, 0:6. Ich war nie gut darin, Rückschläge auszuhalten und aufzuholen.

»[...] tennis players exercised self-control, good manners and behavioral restraint in all their reactions. [...] private tennis clubs are training grounds for the upper classes where young ones are learning things like how to dress, how to act and how to sound.« (Long Island Tennis Magazine)

Die Körper, Gesten und Blicke vor dem Spiel: der Weg ins Clubhaus, das Grüßen, die Blicke am Empfang, das Eintragen in die Liste, der Weg nach unten zu den verschiedenen Kabinen, das Betreten der Außenanlage, die Bürsten zum Reinigen der Schuhe, die gepflasterten Wege zu den Plätzen, Platz 14, zweimal links, dann geradeaus, die gepflegte Anlage, das kleine Türchen zum Öffnen und Schließen, leise sein, nicht stören, erst nach dem Ballwechsel der anderen den Platz betreten, am Rand gehen, den Platz begutachten, das richtige Bewässern, still sein, keinen Lärm machen, nicht lachen, nicht schreien, am besten nicht reden. »Quiet please.« Die Nachbarn, zu denen die Bälle fliegen, wenn man das Spiel nicht beherrscht, ihre Blicke, sich entschuldigen, im richtigen Moment, nicht zu laut, nicht zu leise, sich bedanken, wenn sie den verirrten Ball zurückspielen.

Bei David Foster Wallace, als die »feierliche Stille« auf dem Tennisplatz plötzlich unterbrochen wird: »Gastronomiemitarbeiter machen direkt hinter dem Windschutz Krach [...].«

Ich sehe mir online Fotos einer Ausstellung an. Der New Yorker Künstler Asad Raza hat für eine Installation einen Tennisplatz in einer Mailänder Kirche nachgebaut. Die Besuchenden können im Mittelschiff der Kirche, umgeben von Fresken und Statuen, Tennis spielen. Darin besteht das Kunstwerk.

Mein erster Gedanke beim Betrachten der Bilder: Der Platz hat nicht die richtige Größe, es ist gar kein richtiges Tennis.

Unter einem Online-Artikel kommentiert eine Frau: »Diese Kirche wurde für religiöse Zwecke gebaut, und das zu ignorieren, ist eine grobe Missachtung. Ich lege Wert auf Ästhetik: Aber das hier ist einfach nur hässlich.«

Meine Angst vor dem Sakrileg, vor der Entweihung dieses heiligen Ortes.

*

Jan K., der sich beim Tennisunterricht hinter meinem Rücken die Nase zuhält, gerade so, dass ich es noch mitbekomme. Sein Grinsen, als sich unsere Blicke treffen.

Mit einem guten Freund – der Sohn des Pharmaunternehmers, mit dem ich immer Tennis spiele – habe ich einmal einen heftigen Streit. Er läuft vor mir weg, als ich mit ihm reden will. »Geh weg, du stinkst!«, ruft er laut, sodass die anderen es hören können. Wie ich versuche, den Streit unterwürfig zu beenden, mich immer wieder entschuldige, nur damit er damit aufhört.

Die Angst vor dem Sportunterricht und danach. In

der Kabine, die Blicke, die schwitzenden Körper, mein Versuch, mich in der Ecke unsichtbar zu machen, nicht aufzufallen, niemanden zu verärgern. Oder mitzumachen, wenn es verlangt wird. Im Rudel andere mobben, damit nicht ich dran bin. Wenn ich nicht mitspiele, gehen sie auf mich los.

Und es stimmte ja auch: Meine Kleidung, sie roch nach Gastro, nach Küche, nach Bratfett.

Meine Zeit der Reinigung, in den Jahren danach: Ausgiebig an meiner Kleidung riechen, bevor ich sie anziehe, mein Gesicht darin versenken, jedes T-Shirt nach einmaligem Tragen in die Wäsche werfen, jeden Tag duschen, dabei zweimal einseifen, zwei Schichten Deo auftragen, am Nachmittag prüfend unter den Achseln riechen, Regen wegen möglicher Ausdünstungen vermeiden, die Wäsche selbst waschen, viel Weichspüler verwenden, zu viel, sodass ich nach Waschmittel stinke. Parfüm (Hugo Boss) kaufen, es aber nicht richtig verwenden (»Puh, du hast dich aber einparfümiert«). Ein sensibles Sensorium entwickeln, die Menschen um mich herum beobachten, auf vorgehaltene Hände achten, auf Blicke, gerümpfte Nasen, Gelächter. Die Angst vor dem Geruch veränderte mein Wesen.

Bis heute schnuppere ich morgens an jedem Kleidungsstück. Wenn ich unsicher bin, dann halte ich es meiner Freundin unter die Nase. (Der Moment der Heilung, als sie sagt, ich würde so gut riechen.)

*

Eine der entscheidenden Eigenschaften, so schreibt Erich Kästner im *Lob des Tennisspiels*, sei neben Kraft, Präzision, Schnelligkeit u. a. auch Ökonomie. Ich denke an Schuhe von Reebok, an die Tennistasche von Wilson, an den neuen Volvo der Eltern, der alle zum Turnier fährt. Meine Gedanken legen sich um die missverstandene Stelle, bleiben an ihr haften. Meine Fehlinterpretation erscheint mir richtiger.

Dem Körper wohnt ein Wissen inne, sagt Bourdieu, das sich mit sprachlichen oder kognitiven Mitteln nicht einfangen oder ausdrücken lässt. Der Körper weiß, was er tut – und nur er. Macht der Verstand sich dieses Wissen bewusst, dann verflüchtigt es sich (und man stolpert die Treppe hinunter). Die Verhaltensweisen, die sich einem Körper im Laufe der Sozialisation eingeschrieben haben, sind einverleibt, sie stecken so tief in einem, dass sie von allein ablaufen.

Mein Bedürfnis, alle relevanten Bücher zu lesen, bevor ich überhaupt anfange, an eigenen Texten zu arbeiten. Wie sonst sollte ich über die Dinge schreiben können. Marx, Bourdieu, Ernaux, hooks, Eribon etc. Kluge Zitate als Beweise meiner Recherche. Etwas aus dem *Kapital*, auch wenn ich es über ein paar Seiten nie hinausgeschafft habe. Im Laufe meiner Arbeit dreht sich diese Empfindung dann um ins Gegenteil. Das, worüber ich schreiben will, lässt sich überall beobachten, im Alltag, auf der Straße, in der U-Bahn, in Schaufenstern, an Hauswänden, in Produktdetails oder Internetbroschüren.

Die Straße wie ein aufgeschlagener Text mit den Kapiteln Arbeit, Wohnen, Freizeit …

Die drei schweren blauen Bände stehen seit Jahren unangetastet in meinem Regal, sie sind Teil davon, die weißen Holzlatten aus dem Baumarkt liegen obenauf. Wenn ich das *Kapital* lesen wollte, müsste ich das Bücherregal bis zur untersten Etage abbauen. »Das Kapital ist mir unzugänglich«, denke ich dann und nehme es hin wie eine verschlossene Tür.

Der erste Schläger meines Vaters, ein handgemachtes Modell aus Holz, von der Firma Spalding, 102 Flite Series. Wenn man nach diesem Schläger im Netz sucht, findet man nichts außer Anzeigen auf eBay. Ein User auf Pinterest bietet ihn als Vintage-Produkt an, das man sich an die Wand hängen kann. Das Muster sich kreuzender Saiten ist durch einen Spiegel ersetzt. Das hochgeladene Foto ist so aufgenommen, dass der Raum im Spiegel zu sehen ist, nicht aber die fotografierende Person. (Es gibt eine ganze Serie im Internet, an die ich denken muss, »People Trying To Sell Mirrors«, bei der die Menschen Fotos von Spiegeln machen, sich selbst aber hinter einer Tür oder einem Vorhang verstecken.)

Mein erster Schläger: aus der Metro, ohne Schutzhülle, immer in meinem Rucksack. Um ihn vor Regen zu schützen, zog ich eine Plastiktüte über den oben herausragenden Griff. Wenn eine Saite im Spiel riss, lieh ich mir einen Schläger von meinen Freunden, sie hatten immer einen Zweitschläger dabei.

Auch heute kommen mir die klobigen, unförmigen Taschen in Form eines Tennisschlägers, die man für nichts anderes verwenden kann als für das Umhängen von Ersatzschlägern, protzig und lächerlich vor.

In *Die feinen Unterschiede* finde ich ein Schwarz-Weiß-Bild eines Tennisspielers, das dem Foto meines Vaters sehr ähnlich sieht. Bildunterschrift: »Tennisstunde des Präsidenten Valéry Giscard d'Estaing. Paris, im Juli 1978.«

Meine Cousine, so alt wie ich, war eine gute Spielerin. Sie hat früh an Wettbewerben teilgenommen, Turniere als Juniorin gewonnen, sogar eine Karriere als Profispielerin schien möglich. Sie ging auf eine Elite-Tennisschule, bekam täglich Einzelunterricht, hatte ein Tennisstipendium in Florida. Meiner Tante, der Schwester meines Vaters, bedeutete die Karriere ihrer Tochter sehr viel. Es war die Möglichkeit eines Sprungbretts. Für die Profilaufbahn genügte es am Ende nicht.

Die sozioökonomische Aura bei Tennisturnieren sei »eher Führungsetage als Fließband«, heißt es bei Wallace. Und an einer anderen Stelle: »Shorts, die der Rest der Welt für eine Badehose halten würde.«

Ein Paar »Traxion Tennissocken« von Adidas: 55,00 Euro. 5er-Pack »Tennissocken« von Identic: 2,99 Euro.

*

In München hat mein Vater mit Softball-Tennis angefangen. Mit seinen Kollegen bei der Tapetenfirma (Lüthers

& Birkenfeld), für die er anfangs gearbeitet hat, noch vor dem ersten Restaurant. Sie haben in der Lagerhalle gespielt, zwischen den Tapetenrollen. Die Regalwände waren die Seitenbegrenzung, ein Gabelstapler samt Tapetenrolle war das Netz. Wenn der Chef nicht da war, spielten sie.

Irgendwann hat mein Vater dann richtig Tennis gespielt, in einer Tennishalle. Das Foto, das ihn im lockeren Lauf zum nächsten Ball zeigt, wurde in dieser Zeit aufgenommen, von einem Arbeitskollegen.

Nach drei Jahren hat er dem Betrieb 4000 aussortierte Rollen Tapete abgenommen. Er hat aus verschiedenen Mustern jeweils eine kleine Ecke herausgeschnitten, daraus einen eigenen Katalog gemacht und ist damit von Wohnung zu Wohnung. Nur bei seinen Leuten, bei Jugoslawen in München. Jeden Abend hat er ein anderes Leben betreten und das Gleiche gesehen. Kleine, enge, uralte Wohnungen, ohne Bad, eigentlich nicht mehr zu vermieten, fünf bis sechs Menschen in einem Zimmer, die Kinder in der Heimat bei den Großeltern. Er habe sich zum ersten Mal gefragt, erzählt er mir, was er und all die anderen in diesem Land überhaupt verloren hätten. 3000 Rollen habe er schließlich verkauft, erzählt mein Vater, als würde er sich selbst eine Antwort geben. Bei den letzten 1000, die er auf einmal habe verkaufen wollen, sei er beschissen worden.

*

Diese Art und Weise, über meine Familie zu schreiben, sie abzubilden und in Szene zu setzen, erinnert mich an die Fotos von Menschen, die ihre Spiegel ablichten möchten. Ein Teil in mir ist immer darum bemüht, verdeckt zu bleiben, nicht zu deutlich im Bild aufzutauchen.

»Treibe dein Tennisspiel auf dem Sandplatz im COURT FF™ Tennisschuh für Herren von ASICS an, der voller technischer Features steckt, um dir beim Drehen und Springen nach jedem Ball zu helfen. Die FLYTEFOAM™-Mittelsohle hilft dir, ein optimales Laufgefühl zu genießen – es ist eine fortgeschrittene Formulierung, die auf die Energie deiner Sprünge anspricht. [...] Mit einem zeitgemäßen Design ist das COURT FF™-Modell ein gut aussehender Schuh voller Funktionen, der dir hilft, großartiges Tennis zu spielen.« Für einen Moment bin ich davon überzeugt, dass diese Produktbeschreibung nichts erfindet, nichts vortäuscht, sondern einfach nur der Wahrheit entspricht.

Ich öffne das Paket und halte den Holzschläger meines Vaters, den Spalding 102, in der Hand. Er ist kleiner und länglicher als in meiner Vorstellung. Ein schmales, filigranes Modell. Auf dem Rahmen stehen kryptische Botschaften: High-Flex, Syncroshaft, Vulcan-Fiber, Inner-Outer-Ply, Faces, Ash-Beech.

Ich stehe in meiner Wohnung, schlage unsichtbare Bälle, mache Aufschlagbewegungen, tippe den Ball auf dem Boden auf.

Es könnte eine Lacoste-Werbung sein. Das Tennisoberteil, die kurze, noble Stoffhose, der schmale Gürtel, das Hemd in die Hose gesteckt. Angekommen, arriviert – schon nach drei Jahren in Deutschland. Das Leben in der Gastronomie liegt noch vor ihm. Sein wacher Blick, der leicht geöffnete, entspannte Mund. Die souveräne und selbstbewusste Bewegung. Er nimmt sich den Platz, weiß, wie man sich bewegt, als würde er sich genauso sicher in der Bank oder im Theater oder im Präsidentenpalast bewegen. Umgeben von Körpern, die sich diese Verhaltensformen ebenso selbstverständlich angeeignet haben. Das Bild wie ein symbolischer Beweis für die Welt, die er hätte erreichen können.

An der Selbstverständlichkeit bleibe ich hängen. Ich frage mich plötzlich: Wie macht er das? Wo holt er das her?

Vielleicht fällt es mir auch deshalb so schwer, meinen Blick von dem Abzug zu lösen, weil ich meinen Vater nie so gesehen habe. Weil er auf dem Bild wie jemand aussieht, der er sonst nicht war. Weil dieses Outfit in gewisser Weise nicht zu ihm zu passen scheint, die Verhältnisse umkehrt.

Vielleicht sagt diese Wahrnehmung jedoch mehr über mich aus als über meinen Vater, über die von mir verinnerlichte Ordnung der Zuschreibungen.

Ich lege eine Fotografie meines Vaters als Koch daneben. Weiße Kleider, schwarze Knöpfe, schwarze Streifen. Die Bilder ergeben zwei Pole, sie ähneln sich und stoßen sich voneinander ab.

Ich gebe die Adresse meines damaligen Tennisfreundes auf Google Maps ein und sehe mir Satellitenbilder an. Ich zoome nah heran, schaue mir das Haus, eine Villa, den Garten und den Grundriss von oben an. Ich erkenne die Einfahrt mit dem Basketballkorb wieder, die Terrasse mit der Tischtennisplatte, den Rasen, auf dem wir Hockey oder Badminton spielten.

Ich bleibe im selben Maßstab, klicke und ziehe an den Rändern, überfliege die Kleinstadt, entlang der Straßen, auf denen ich als Kind mit dem Fahrrad gefahren bin, bis zu unserem Wohnhaus, das in einer Reihe von Wohnblöcken steht und in dem, mit uns, sieben Parteien untergebracht waren.

Von oben, aus der Entfernung, lassen sich die Unterschiede deutlich erkennen.

Mir fällt die Frau ein, die ganz unten im Keller wohnte. Meine Schwester und ich nannten sie, aus Gründen, von denen ich heute nichts mehr weiß, »Kellerassel«. Kein Gespräch, kein genaues Bild, kein Name, nur diese Bezeichnung ist von ihr übrig.

Irgendwann habe ich das Tennisspielen aufgegeben. Ich erinnere mich an den Termin bei einem Orthopäden. Bisherige Untersuchungen und Therapien zu meinen Schmerzen in der Hüfte hatten nichts ergeben. Der Mann trug einen Schnauzbart und ein bunt geflecktes Hemd, wie ein Serienstar aus den 80ern. Hinter ihm an der Wand, ich konnte meinen Blick nicht davon lösen, ein Route-66-Bild. Der Orthopäde riet mir nett und freundlich, mit dem Tennisspielen aufzuhören. »Nicht jeder Körper ist für jeden Sport gemacht.«

Wenn ich bei meinem Vater bin, sitzen wir manchmal vor dem Fernseher und schauen Tennis. Mein Vater sitzt auf seinem Stuhl, trägt seine Brille und hat die Arme vor der Brust verschränkt. Hin und wieder schläft er ein, und sein Kinn legt sich langsam auf die Brust. Wenn er aufwacht, blickt er schnell zu mir, um zu sehen, ob ich es bemerkt habe.

Ich schneide jeweils ein kleines Stück meiner eigenen Geschichte heraus, unterschiedliche Momente und Szenen, erstelle einen Katalog wie mein Vater, um Teile davon als Textsammlung zu verkaufen.

Vier Streifen, deren letzte Anordnung dem Zufall zu verdanken ist:

Ich suche nach der Firma Lüthers & Birkenfeld, kann dazu aber nichts finden. So als hätte diese »erste Vergangenheit« meines Vaters und seine Zeit in deutschen Tennishallen nie existiert.

Die Vorstellung, wie mein Vater in der Nacht durchs Gebüsch streift, im Zirpen der Grillen, im orangefarbenen Licht der Straßenlaternen, auf der Suche nach diesem einen Ball.

»Die [...] Courts flimmern wie marokkanische Horizonte [...].« (D. F. Wallace)

Ich stehe auf, gehe durch den Raum und hinterlasse mit jedem Schritt eine rote Spur aus Sand.

*

Der einzige Urlaub mit meinem Vater: Wir fuhren zu zweit, die letzte Wirtschaft war schon geschlossen, über die Alpen nach Istrien und wohnten für sechs Tage in einem abgelegenen, von Wäldern eingerahmten Hotel. Es war Herbst, aber das Wetter noch sommerlich heiß. Die Frau an der Rezeption sagte, wir hätten Glück, die letzten Tage habe es viel geregnet. Die meiste Zeit spielten wir Tennis. Der rote Sandboden war vom Regen aufgeweicht und fühlte sich an wie Knetmasse unter den Füßen. Mein Vater war gut in Form, wirkte konzentriert und presste bei jedem Schlag den Mund zusammen, sodass die Lippen darin verschwanden. Wenn er einen Stoppball spielte, feuerte er mich gleichzeitig zum Laufen an. Wenn er am Nachmittag schlief, auf dem Bauch liegend, ragten seine vom Sandplatz rot gefärbten Socken über die Bettkante hinaus.

Für alle, die gern zu McDonald's gehen

»Die Frage aller Fragen: Lambo oder Ferrari?« (Marc Müller)

Ich sitze im Zug. Es regnet, seitdem ich losgefahren bin, ein konstanter, gleichbleibender Regen. Ein Mann liest die Süddeutsche Zeitung, sie ist mehrfach gefaltet, sodass er sie ständig drehen und neu falten muss. Der Gürtel seines Mantels, der am Haken neben seinem Sitz hängt, schaukelt hin und her und klappert gegen die Plastikverkleidung.

Wie immer habe ich keine Reservierung. Das Bemühen, nicht unnötig Geld auszugeben, es sitzt tief. Obwohl ich es mir leisten könnte, scheint es für mich unmöglich, einen Sitzplatz zu reservieren. Es kostet eben nicht »nur 4,50«, denke ich.

Früher bin ich oft in die 1. Klasse spaziert und habe mir eine Zeitung geholt.

Heute lese ich eine Ausgabe des ERFOLG Magazins.

»Im ERFOLG Magazin versammeln sich die erfolgreichsten Menschen der Welt, um Ihnen zu zeigen, wie Sie noch erfolgreicher werden.« Im Editorial ist Julien Backhaus, der Verleger des Magazins, zu sehen, vor einem roten Hintergrund, ein Buch in den Händen, der Titel: *Ego. Gewinner sind gute Egoisten*, von Julien Backhaus. Auf dem Cover des Buches: Julien Backhaus. Auf Seite sechs des Magazins: Julien Backhaus, wie er auf einem Balkon steht, ein aufgeschlagenes Buch in der Hand (wieder *Ego*), und in die Ferne blickt. Fotos von Julien Backhaus in der Ausgabe 3/2020: 14. (Auf einem wirkt es so, als hielte er es nicht nur offen in der Hand, sondern als lese er gerade in seinem eigenen Buch.) Die Begriffe »Erfolg« und »erfolgreich« kommen in derselben Ausgabe 76-mal vor, achtmal in Zusammensetzungen (»Welterfolg«, »Mega-Erfolg«, »Erfolgsgeschichte«). Das Wort »erfolglos« kommt einmal vor.

Eine Dokumentation über den Motivationstrainer Jürgen Höller: An einer Stelle erklärt er seinen Mitarbeitenden, einen Bonus von 2000 Euro auszahlen zu wollen, mit Abzügen für Rauchen, Übergewicht oder Krankheit. Zu Beginn des Films steht der Trainer auf dem Balkon und ruft mit weit ausgebreiteten Armen: »Es geht mir von Tag zu Tag und in jeder Hinsicht immer besser und besser und besser!« Mehrere Male. Höller, immer im Anzug, morgens beim Frühstück, im Hotel, am Schreibtisch in seiner Firma (Schweinfurt), in seinem BMW, bei Seminaren und Auftritten (»Power-Days«).

Teilnehmende in einem Höller-Seminar, die im Chor wiederholen: »Ich ziehe Geld an wie ein Magnet!«

2017 veröffentlichte ERFOLG eine Liste der »100 besten Erfolgstrainer«. Jürgen Höller auf dem ersten Platz.

Ich habe mir die Dokumentation mehrere Male angesehen.

Kurz vor der Ankunft fallen mir die Papierstreifen aus der Tasche. Die Teile meiner Geschichte, die ich seit einigen Wochen mit mir führe wie Wahrsagekarten, verteilen sich über den schmutzig blaugrauen Teppich des ICE. Zusammen mit der Erfolg-Strichliste.

Am Bahnhof sehe ich mich ein wenig um, begegne einem Jugendlichen, der am Gleis steht und mich anspricht, ob ich Hilfe benötigen würde, ich hätte so ausgesehen.

Ich betrete das Hotelzimmer, lege meine Reisetasche ab und schalte den Fernseher ein. Es ist immer das Erste, was ich tue, wenn ich in einem Hotel bin, ich weiß nicht, warum. Auf einem Privatsender eine Sendung über Langzeitarbeitslose, die in einer Wohnsiedlung leben. Auf einem anderen Kanal eine Reportage über die Küche eines Kreuzfahrtschiffs. Ich schalte hin und her, fasziniert davon, dass das Programm im Fernsehen meinem eigenen entspricht.

Auf dem Weg zum Kloster halte ich bei einem Stehimbiss und bestelle Pommes. Neben mir steht ein Mann im Blaumann, mit einer dampfenden Currywurst. Die Pommes sind, wie ich wiederholend zu mir selbst und am Ende auch zur Verkäuferin sage, richtig gut.

Ich entdecke Plakate im Ort, auf denen mein Name falsch geschrieben ist (Matsuko).

Es regnet immer noch, als ich das Kloster betrete. Die Lesung findet im »Kleinkunstsaal« statt, vor kleinem Publikum. Vier Menschen über 60 sitzen still auf den gepolsterten Stühlen, ihre Hände andächtig im Schoß. Der Leiter des Klosters stellt mich als Ilija Matsuko vor.

Ich lese meinen Fett-Text. An einer Stelle wird laut gelacht: »Es riecht nach Pommes, Ilija kommt!« Am Ende müdes Klatschen und leere Blicke. Der Leiter des Klosters lächelt der Reihe nach in alle fünf Gesichter und sagt: »Das war für alle, die gern zu McDonald's gehen.«

Im Regen zurück ins Hotelzimmer, Fernseher an.

Es geht mir von Tag zu Tag und in jeder Hinsicht …

*

Meine Mutter beim Zählen des Geldes. Sie ging zur Kasse, füllte die Scheine und Münzen in ihren Geldbeutel, ging damit zu Tisch 1 und fing an, 100 DM-Stapel vor sich aufzureihen. Der Gewinn kam in ein braunes Ledermäppchen mit Reißverschluss.

In der Wohnung warf meine Mutter einige der Münzen in eine große Asbach-Uralt-Flasche. Wenn die Flasche voll war, wurden die Münzen in einen Sack geleert und zur Bank gebracht, um sie von einer Maschine zählen zu lassen. Von dem Geld bestellte sich meine Mutter etwas im Quelle-Katalog, das sie sich sonst nicht geleistet hätte. Einen neuen Videorekorder, ein elektrisches Fußbad, eine neue Handtasche.

Samstags saß sie an Tisch 1 und füllte den Lottoschein aus.

Meine Mutter hat die Volksschule besucht und dann eine Ausbildung zur Bürokauffrau bei der Stadt München begonnen. Das Geld, das sie während der Lehrzeit bekam, musste sie zu Hause abgeben. Nebenbei ging sie bedienen, im Weinkeller, einem Lokal an der Frauenkirche. Viele Jahre arbeitete sie auf dem Oktoberfest, als Bedienung bei einer Hähnchenbraterei. In dem Jahr, in dem ich geboren wurde, war sie auch dort, obwohl sie noch im Mutterschutz war und nicht hätte arbeiten dürfen. Sie meldete sich als Frau Huber an. In nur zwei Wochen verdiente sie mehrere Tausend Mark.

Später erzählte sie oft von ihrer verrückten Zeit im Weinkeller oder im Bierzelt, von den Gästen, der Hektik, dem guten Trinkgeld.

Sie flog zweimal in den Urlaub nach Tunesien, um am Strand und am Hotelpool zu liegen. Meine Mutter hat blonde Haare und sehr helle Haut, sie bekam schlimmen Sonnenbrand. Sie nahm ihn in Kauf, als gehörte er zu einem guten Urlaub dazu. Bei einem Tunesienurlaub war ich mit dabei, schnitt mir aber schon zu Beginn der Woche beim Tauchen im Pool an einer Fliese die Fingerkuppe halb ab, weshalb ich einen Verband tragen musste. Es gibt Fotos von mir, wie ich mit erhobenem weißem Zeigefinger im Pool stehe, als würde ich etwas beanstanden. Abends saßen wir zusammen auf dem Balkon des Hotels und spielten Canasta.

An Weihnachten oder Geburtstagen drückte mir meine Mutter einen Umschlag mit Geld in die Hand. Dazu eine Karte mit meinem Namen und einem geschwungenen Unterstrich. Zum 18. Geburtstag erließ sie mir meine noch bei ihr vorhandenen Schulden. Außerdem bekam ich einen Benzingutschein in Höhe von 100 DM.

Wenn ich meine Mutter einmal im Jahr besuchte, dann wunderte sie sich immer wieder aufs Neue, wenn ich Wasser aus der Leitung trank: »Wia bei de arma Leit.«

*

»Verändert euer Mindset zum Thema Geld, denn deine Einstellung zu Geld entscheidet darüber, ob du Geld in deinem Leben anziehst oder nicht.« (kristiyanvelinov7)

Digitale Archive, in die ich abtauche, in denen ich nach Spuren und Fundstücken suche. Fotos, Posts und Storys auf Instagram, ich klicke von Profil zu Profil, Hunderte, verliere mich in den grellen, immergleichen Bilderwelten. Luxusautos, Sonnenbrillen, Uhren, Villen, Jetskis, Pools, Yachten.

Zwei wiederkehrende Motive: die Skyline von Dubai und die Fahrt in einem Ferrari oder Lamborghini.

Immer wieder die Begriffe »Bitcoin«, »Krypto« und »Blockchain«, Vergleiche mit Gold, die Rede von einem neuen Zeitalter. »Wer jetzt nicht einsteigt, wird den Boom verpassen.« – »Bis die Menschen begreifen, was Blockchain ist, wird es wieder einige Millionäre geben und viele, die sich ärgern, ihre Chance verpasst zu haben.«

Die Statusbegriffe in den Profilen auf Instagram, es sind immer drei, wie ein Triptychon, mit senkrechten Strichen voneinander getrennt.

Ich spiele Domino, suche Profile, die aneinandergelegt werden können.

Network Marketing | Selfmade | Business
Business | Lifestyle | Coaching
Lifestyle | Krypto | Networking
Blockchain | Business | Krypto
Blockchain | Erfolg | Freiheit
Selfmade | Coach | Erfolg

Wenn man Erfolg, so wie einige Theorien es tun, mit dem »Erreichen von (selbst-)gesetzten Zielen« definiert, dann habe ich heute einen erfolgreichen Tag. Meine Ziele: aufstehen, Kaffee trinken, meiner Schwester schreiben, die Katze im Innenhof, die auf jede Bewegung achtet, durch ein Winken auf mich aufmerksam machen. Das letzte Ziel ist das schwierigste, denn die Katze ist alt und sieht nicht besonders gut.

In der Mail an meine Schwester bitte ich sie, mir drei Fotos aus Dubai zu schicken. Sie war einmal dort, für eine Woche. Eine Stunde später liegen 53 Bilder in meinem Posteingang. Sie wurden vor einigen Jahren aufgenommen, mit einer Digitalkamera, ohne Filter. An manchen erkenne ich, dass sie nicht dafür gemacht wurden, um sie anderen zu zeigen, sondern um etwas festzuhalten, was meiner Schwester bemerkenswert erschien.

Eine Stelle bei Rainald Goetz, sinngemäß: Geld aus dem Fenster werfen mache nur Spaß, wenn man nichts davon habe, sonst sei es völlig idiotisch.

Ich kenne dieses Gefühl, das Geld sinnlos aus dem Fenster zu werfen, um mir zu beweisen, nicht abhängig vom Geld zu sein (weil ich es in Wahrheit bin).

Ein Freund sagt immer: »Bei Geld fängt die Freundschaft an.« Er meint damit, dass Geld zwischen uns keine Rolle spielt. Wenn einer von uns beiden knapp bei Kasse ist, dann hilft der andere aus, ohne nachzurechnen. Wir haben ungefähr gleich viel bzw. wenig Geld.

Ein anderer Freund, der viel mehr Geld hat als ich, lädt mich hin und wieder ein, im Café oder im Restaurant. Ich achte darauf, mich zu revanchieren, ihn ebenfalls einzuladen. Um nicht den Eindruck aufkommen zu lassen, ich sei auf seine Einladungen angewiesen. Einmal hat er mir erzählt, dass ihm Geld »nicht so wichtig« sei. Ich dachte: Du hast ja genug davon. Unser beidseitiges und ehrliches Bemühen, die ungleiche Verteilung nicht zwischen uns treten zu lassen, obwohl sie immer schon zwischen uns steht.

Ein dritter Freund: Wir hörten dieselbe Musik, gingen in dieselben Läden, trugen die gleichen, abgenutzten Secondhand-Klamotten. Heute lebt er in einer Eigentumswohnung, die ihm von seinen Eltern gekauft wurde. Er spricht nicht gern darüber und scheint sich für den unverdienten Reichtum zu schämen.

Ein Stück der Goldenen Zitronen: »Raus aus der Klasse, zurück in die Klasse – rein in die Kartoffeln, zu Haus ist's doch am schönsten.«

*

Die Schwester meines Vaters hatte zusammen mit ihrem Mann, Ivo, ebenfalls ein Restaurant, in Friedrichshafen am Bodensee. Es befand sich ganz oben, im obersten Geschoss eines Hochhauses. Das »Dubrovnik«. Mit großen Fenstern zu allen Seiten. Ich erinnere mich an die Küche, an den Fahrstuhl, an das schlechte Wetter. In meiner Erinnerung war es immer grau und regnerisch, wenn ich im Dubrovnik am Panorama-Fenster saß.

Ich erinnere mich auch an den Geruch in der Küche. Er war ähnlich wie in unserer Küche und doch ganz anders. Mir fiel auf, wie deutlich man ihn riechen konnte, wenn man nicht jeden Tag von ihm umgeben war, in ihm lebte.

Mein Onkel, immer im Anzug, als hätte er ihn schon in Herzegowina getragen, wo er herkam, wie mein Vater. Es gibt dort nicht viel außer bergiges Land und arme Verhältnisse. Aber sogar beim Umzug von einem Restaurant ins andere, als mein Vater mit anpackte und Sachen schleppte, war Ivo im Anzug. Wenn er irgendwo Platz nahm, legte er seine Zigaretten auf den Tisch, noch vor jedem Gespräch zündete er sich eine an. Der Rauch, der sich wie bei einer kleinen Nebelmaschine auf dem Tisch verteilte.

Das Dubrovnik lief über viele Jahre sehr gut, mein Onkel und meine Tante verdienten viel Geld. Sie fuhren immer den neuesten Mercedes, in Schwarz oder Weiß. Auch beim Fahren rauchte Ivo, mit offenem Seitenfenster. Er fuhr immer sehr schnell, 120 oder 130 auf der Landstraße. Wenn Anka und Ivo vom Restaurant Dubrovnik in die Stadt Dubrovnik fuhren, dann übernachteten sie auf dem Weg in einem guten Hotel. Einmal weigerte sich Ivo, in den alten Golf II meines Vaters einzusteigen, weil er darin nicht gesehen werden wollte.

Bei einem Treffen mit wichtigen Leuten suchte mein Onkel seine Visitenkarten auffällig lange zwischen einem Bündel großer Scheine. Ivo besaß ein Konto in der Schweiz und handelte mit US-Dollar. Manchmal lieh er meinem Vater Geld, viele Tausend Mark, die mein Vater dann über Jahre und mit Zinsen zurückzahlte. Ivo sprach gerne von Geld, besaß es gerne und hielt, wie man so sagt, immer danach Ausschau.

Als das Restaurant nicht mehr lief, gingen sie nach Garmisch und eröffneten ein neues Lokal, ohne Fahrstuhl und ohne Panorama-Fenster. Das »Oberkrainer«. Bayerische Tische, Holzwände, Bierkrüge aus Porzellan über der Bar, Männer in Trachtenjacken. Mein Onkel, hinter dem Tresen, wie immer im grauen Anzug.

Er starb an Krebs, die letzten Monate konnte er kaum mehr sprechen, hatte ein Loch im Hals, das mit einem weißen Halstuch verdeckt war. Sein Trainingsanzug, in Grün-Weiß, aus Polyester, eine Nummer zu groß, sodass die Hosenbeine über den Boden schleiften. Auch in seinen letzten Monaten ging es nur um das eine. Mein Vater, der zu ihm sagte: »Ivo, willst du es mit rübernehmen?«

*

Für den Abend im Kloster erhalte ich ein Honorar von 225,00 Euro. Ich betrachte es als Vergütung sowie teilweise als Entschädigung (für den falschen Namen, für das Lachen und für die am Ende gestellte Frage, ob der Text autobiografisch sei).

Mir kommt die Idee, genau zu dokumentieren, wofür ich das Honorar ausgebe:
65,00 Euro für das Hotelzimmer
23,60 Euro für Hin- und Rückfahrt (ohne Sitzplatzreservierung)
4,00 Euro für große Pommes
6,80 Euro für Frühstück und Kaffee beim Bäcker
10,00 Euro für acht (!) Ausgaben des ERFOLG Magazins (Sonderangebot)

Ein Artikel über Marc Müller im ERFOLG Magazin (online): Das Foto zeigt einen jungen, schmächtigen Mann mit nach hinten gekämmten Haaren. Dunkler Mantel, Hemd in der Hose, Schal als Krawatte. Der linke Ärmel des Mantels zurückgeschlagen, um den Blick auf die luxuriöse Armbanduhr freizugeben. Auf dem Instagram-Account von Marc Müller finde ich dasselbe Porträt. Beim Klick auf das Bild werden die Markennamen angezeigt. Burberry, Ralph Lauren, Gucci.

Sein Kommentar (unter dem von ihm geteilten Post auf seinem Instagram-Profil): »Life is good.«

Ein anderes Foto: Marc Müller, lächelnd im Pool des Luxushotels »FIVE Palm« in Dubai, die Arme ausgestreckt auf dem Beckenrand, mit verspiegelter Brille. Der Text zum Post: »Siegerlächeln«. Das Foto hat 272 Likes.

»Einer meiner ersten Mentoren sagte vor kurzem zu mir: Viel Geld verändert Menschen nicht, es zeigt nur ihr wahres Gesicht.« (Marc Müller)

Meine Tauchgänge in die grellen, überbelichteten Archive zeigen erste Wirkungen. Ich fühle mich matt und demotiviert.

Ich stelle mir vor, ein Profil auf Instagram einzurichten, mit drei Fotos meiner Schwester aus Dubai, und täglich Sinnsprüche zu posten:

»I haven't made it!«

»Not-selfmade!«

»Zeit ist nicht Geld.«

»Sei einfach nicht du selbst!«

»Was dich nicht umbringt, richtet dich langsam zugrunde.«

»Wer ein Ziel hat, kann es erreichen – oder auch nicht.«

»Tellerwäscher-Mindset.«

Ich kehre immer wieder zu diesem Lächeln zurück (Marc-Müller-Obsession), betrachte es lange, die Sonnenbrille, die Hochhäuser. Ich versuche mir vorzustellen, wie Marc Müller das Foto geplant, seine Frisur gerichtet, die Uhr in Szene gesetzt hat. Wie er in den Pool gestiegen ist, ohne im Gesicht nass zu werden oder die Frisur zu ruinieren. Wie die Person, die das Foto mit einem Smartphone gemacht hat, Anweisungen gegeben hat. Wie auch das Spiegelbild in der Brille mitbedacht wurde. Wie sich Marc Müller am Morgen mit Sonnencreme eingeschmiert hat. Wie er sich über das verknäulte Kabel seines Ladegeräts geärgert hat, über die vom Duschwasser nassen Socken, über den Fahrstuhl, dessen Türen zu langsam aufgehen.

Ich klappe den Rechner zu. Ein Völlegefühl, als hätte ich drei Tafeln 90-prozentige Schokolade gegessen.

Auf dem Weg zum Schwimmbad komme ich an einem kleinen Imbiss vorbei. »Bei Ivo« steht über dem Eingang, mit Anführungszeichen. »Deutsche und internationale Küche«. Für einen Moment stelle ich mir vor, ich würde vor dem Laden meines Onkels stehen. Als würde sein Restaurant noch existieren, an einem anderen Ort, in einer kleineren, verkümmerten Version.

Während ich meine Bahnen ziehe, denke ich über Geld nach.

Im Schwimmbad durchsuche ich die Reihe der Schließfächer nach Münzen. Es ist wie ein Tick, den ich nicht abstellen kann. Einmal begegnete ich dem Hausmeister, der die kleinen Fächer ebenfalls im Blick hatte. Wir mussten schmunzeln und unterhielten uns über »unseren Verdienst«.

Das Hochhinaus-Mindset meines Onkels und meiner Tante: nach oben kommen, etwas aus sich machen, viel erreichen, sich gut kleiden, ein neues Auto fahren, das Streben nach Prestige und Erfolg. Mir riet meine Tante bei jedem Treffen, das Gymnasium zu besuchen, auf jeden Fall zu studieren, einen Doktor zu machen, egal worin. Meiner Schwester bläute sie ein, das Abitur nachzuholen (erfolglos), und kaufte ihr teure Markenklamotten, wenn sie zusammen waren, Levi's-Jeans, Nike-Sneaker usw.

Die Scham meiner Tante über ihre Herkunft: grenzenlos.

Mein Onkel und meine Tante legten großen Wert darauf, mit einem gepflegten Äußeren und Statussymbolen jeden Hinweis auf ihre arme, bäuerliche Herkunft auszuradieren, in einer unbeholfenen und übertriebenen Art, die allen Menschen aus solchen Verhältnissen eigen ist.

Ich habe es übertrieben beim Schwimmen (danke, Jürgen Höller!) und kann am Abend nichts weiter tun, als auf dem Sofa zu liegen.

Am nächsten Tag lange im Bett. Draußen scheint die Sonne, ich setze mir die Schlafmaske auf. Ich bemerke ein Hämmern, es stört mich, also stopfe ich mir Ohropax in meine Ohren. Etwas fühlt sich plötzlich falsch an an diesem abgekapselten, antriebslosen Zustand.

*

Angenommen, ich bezahlte mir selbst einen Stundenlohn von 12,50 Euro, dann könnte ich etwa zehn Stunden für den Restbetrag des Honorars arbeiten.

Text wird zu Geld, das wiederum zu Text wird, der wiederum …

Die in den zehn Stunden entstandenen Textfragmente:

2, 5, 9, 19, 24, 25.

Natürlich geht es mir gut, in Deutschland lebend, mit Job und Mietwohnung in der Stadt. Geld fehlte trotzdem immer. Meine Möbel waren von der Straße, die Klamotten vom »Social-Laden«, die Waschmaschine vom Trödel, das Fahrrad von einem Freund.

Befragt man die Statistik, gelte ich als »armutsgefährdet«, da ich weniger als 60 Prozent des Durchschnittseinkommens verdiene. Aber dies entspricht nicht meiner Selbstwahrnehmung. Ich fühle mich nicht arm. Weil ich schon immer so gelebt habe? Habe ich mich daran gewöhnt, immer wenig Geld zu haben, oder ist die Bescheidenheit nur eine Form von Selbsttäuschung? Oder ist sie ein angelernter Gestus, Teil einer »künstlerischen Identität«, der es nicht so sehr ums Geld geht? Dafür umso mehr um kulturelles Kapital?

Aber auch das ist nicht so leicht zu haben. Wie ich als 25-Jähriger mit einem Stapel Bücher aus dem Hugendubel laufe, weil ich sie mir nicht leisten kann. Acht auf einmal. Wenn schon, denn schon.

Einmal im Jahr gingen meine Familie und ich zum Italiener. Meine Mutter, die eine Tomatensuppe vor der Pizza isst (»Bestellt was ihr wollt!«). Mein Vater, wie er die Speisekarte liest, von hinten, den Getränken, nach vorn, obwohl er immer das Gleiche bestellt. Die Preise studieren. Bis heute sehe ich mir, wenn ich in einem Restaurant sitze, zuallererst den Preis für ein Bier an, um zu wissen, wo ich gelandet bin.

Wenn ich mit meiner Freundin essen gehe, dann übernehme ich das Bezahlen. Auch mit ihrem Geldbeutel. Sie mag es nicht, die Rechnung selbst zu begleichen oder überhaupt über Geld zu sprechen. Weil es Streit darüber in ihrer Familie gab.

Auf die Frage meiner Mutter, ob ich Geld brauche, ob ich genug hätte, antwortete ich immer reflexhaft: Ich brauche nichts (auch wenn ich etwas hätte gebrauchen können). Weil ich wusste, dass sie selbst zu wenig hatte.

Mein Vater meinte einmal zu mir, ich sei klug, denn er habe ein ganzes Leben gebraucht, um herauszufinden, dass Geld nicht das Wichtigste sei. Ich antwortete, dass es ein Ziel von mir sei, nicht so viel zu schuften wie er. »Schön, dass du etwas von mir gelernt hast«, sagte er.

Ich spüre die konditionierende Wirkung des Geldes: Um in zehn Stunden so viel wie möglich zu produzieren, nehme ich mir vor, jene Szenen und Gedanken aufzuschreiben, die ich schon länger im Kopf hatte. (Jedoch leidet, wie ich bald feststelle, die Montage unter dem Zeitdruck.)

Das Geld, das mein Vater irgendwo im Haus versteckt hat. Er erzählte mir einmal davon, ohne mir das Versteck zu verraten. Seitdem gehe ich in meiner Vorstellung die verschiedenen Möglichkeiten durch: unter dem Bett, hinter dem Schrank, unter einer Platte im Fußboden.

Die Szene, als ein Freund von mir wissen will, wie viel ich im letzten Jahr mit dem Schreiben verdient hätte. Wir sitzen in einem türkischen Restaurant und essen Linsensuppe. Als ich ihm die Summe nenne, auf die ich ein wenig stolz bin (Lesungen plus Stipendium, ein Ausnahmejahr), sehe ich die Enttäuschung auf seinem Gesicht – so als hätte er selbst mit dem Gedanken gespielt, Autor zu werden, und diese Absicht in diesem Moment wieder verworfen. Mein Blick aus dem Fenster, starker Regen, erkennbar im Licht der Autoscheinwerfer. Wir reißen das Fladenbrot in Stücke und wischen die Schalen aus.

»Es gibt es [sic!] ein gutes Sprichwort über Kontrolle: ›Wenn Sie arm geboren werden, ist es nicht Ihre Schuld. Wenn Sie arm sterben, ist es Ihre Schuld.‹ Dieser Satz sagt alles darüber aus, wer für die Ergebnisse in Ihrem Leben verantwortlich ist. Sie und sonst niemand.« (Julien Backhaus)

Im Jahr 2010 verbrannte die schwedische Politikerin Gudrun Schyman, Parteichefin der schwedischen »Feministischen Initiative«, 100 000 Kronen, umgerechnet 10 000 Euro, um gegen die Lohndiskriminierung von Frauen zu protestieren. Eine Anzeige in der Zeitung würde mehr Geld verbrennen, so ihr Argument, bei ungleich geringerer Aufmerksamkeit für ihr Anliegen.

Die Gruppe »The KLF« verbrannte in einer Kunstaktion eine Million Britische Pfund. Der Sänger der Band, Bill Drummond, in einem Fernsehinterview: »We wanted the money … but we wanted to burn it more.«

Kein Geld zu haben bedeutete nicht, nichts zu essen zu haben. Ich konnte jeden Tag essen, was ich wollte.

Kein Geld zu haben hieß: Sportsachen bei Aldi kaufen, keine Markenklamotten, keinen IBM-Computer, keine Nike-Schuhe.

Heute heißt es: Bafög-Schulden, mit über 40.

Und: fünf Kronen, die ich mir nicht leisten kann.

Meine schlechten Zähne. Schon als Kind die ersten Löcher, Füllungen, Amalgam. Bei meinem letzten Termin beim Zahnarzt rät er mir, fünf Zähne mit einer Krone auszustatten. Ich denke, ganz Homo oeconomicus, zuerst an die Kosten. Der Zahnarzt gibt mir zwei verschiedene Zahnlabore zur Auswahl, ein teures in Deutschland, ein günstigeres im Ausland, ich entscheide mich für das billigere.

Wie eine Bekannte, Kind einer Arbeiterfamilie, einmal von ihrem Erbe erzählte: »Als Erstes lasse ich mir die Zähne neu machen.«

Dispo | Lotto | FIVE Crowns

Der Blick auf meinen Kontostand, als würde ich nicht wissen, dass ich knietief im Dispo stecke, als würde ich auf einen Bankirrtum zu meinen Gunsten hoffen. Diese heimliche Hoffnung, weil ich als Kind dieses Brettspiel gespielt habe.

»Ich glaube fest daran, dass jede Krise auch eine Chance sein kann, weil ich es selbst in meinem Leben zweimal erlebt habe. Ich war mit 21 Jahren fast pleite – mit einer

Million Schulden. Und mit 40 Jahren war ich richtig pleite und habe alles verloren, was ein Mensch verlieren kann. Aber im Nachhinein betrachtet war es das Beste, was mir passieren konnte, weil ich dadurch etwas in meinem Leben geändert habe. Es war jeweils der Startschuss für einen langhaltenden Erfolg.« (Jürgen Höller)

Ein Foto zeigt mich als Kind auf der Terrasse bei meiner Tante in Dubrovnik, beim Monopoly-Spielen. Die Geldscheine ordentlich unter das Brett geklemmt, in verschiedenen Stapeln. Ich sehe nicht sehr glücklich aus, weil das Spiel für das Foto unterbrochen wurde, ich möchte weiterspielen.

Einmal fand ich 700 DM, in meinem eigenen Zimmer, beim Aufräumen. Ich hatte das Geld zur Firmung bekommen, versteckt und vergessen.

Redewendungen meiner Mutter:

»A boa Augn san's a.« (Besser als nichts.) »Des is nausgschmissns Gäid.« (Geldverschwendung) »Des glangt hint und vorn ned.« (Das Geld reicht nicht.) »Moanst i hob an Geldscheißer?« (Wenig Geld haben.)

Meine Mutter an Tisch 1 beim Ausfüllen des Lottoscheins.

Als Kind lief ich die Postgasse hinunter, zum Schreibwarengeschäft, um den Schein abzugeben. Auf dem Rückweg kam ich an der Bäckerei vorbei, kaufte mir etwas Süßes, ein Nusshörnchen oder einen »Amerikaner«, und aß es auf dem Weg zurück.

Im Film *Faustrecht der Freiheit* von Fassbinder kommt der Arbeiter Franz durch einen Lottogewinn zu viel Geld und erhält Zugang zu gehobenen Kreisen. Er passt sich an, kleidet sich neu ein, kauft schicke Möbel – aber er macht alles falsch. Er kann die französische Speisekarte nicht lesen, isst den Kuchen mit den Händen, wirft Brotstücke in die Hummercremesuppe. Mit dem gewonnenen Geld kann er nicht umgehen. Die neuen Bekannten lassen ihn spüren, dass er nicht dazugehört (»Der Geruch, der Geruch!«). Aus dem lässigen Aufschneider wird ein unsicherer und verzweifelter Mensch. Sein Satz am Ende des Films, kurz bevor er eine Überdosis Valium nimmt: »Ich will nur wieder so sein können, wie ich bin!«

In ihrem Buch *Aus der Zuckerfabrik* berichtet Dorothee Elmiger von Werner Bruni, einem aufrichtigen und ehrlichen Arbeiter, der Lottogewinner wird, alles wieder verliert und dem am Ende nur sein Arbeiterdasein bleibt.

»Kellnerin sahnt ganze 8,6 Millionen Euro ab – doch dann geht ihr Leben den Bach runter.«

»Mit 16 Jahren Lotto-Gewinner, mit 23 tot.«

»Lottogewinner knackt den Jackpot, dann ertrinkt er auf dem Weg zum Lottoladen.«

»Mann gewinnt riesige Summe – wenig später stirbt er unter dramatischen Umständen.«

Meldungen aus der Boulevardpresse. Noch mehr als der Gewinn einer Millionensumme scheint uns der (damit zeitlich oder kausal zusammenhängende) Absturz danach zu faszinieren.

Ich habe Lottospielen nie verstanden und war immer davon überzeugt, es sei reine Illusion. Aber genau darum geht es, um die imaginative Kraft. Von einem besseren Leben träumen, von verbesserten Lebenschancen und materieller Sicherheit, endlos und immer wieder, für nur ein paar Euro in der Woche.

Ein Plakat zu einer Ausstellung: »Klassenfragen«. In einer Ecke steht neben einem Logo mit vierblättrigem Kleeblatt: »Gefördert von der LOTTO-Stiftung Berlin«.

Auf die Frage, wer Lotto spielt, sagt der Sozialwissenschaftler Mark Lutter: »Leute ohne gymnasiale Bildung. Sie wissen, dass ein Lottogewinn für sie die einzige Möglichkeit bleibt, sozial aufzusteigen. Viele sind unzufrieden, weil sie schuften, aber dafür nicht die richtige Anerkennung bekommen. Daraus entsteht eine Spannung, die mit dem Lottospiel abgebaut wird. Sie fühlen sich ungerecht behandelt – also nehmen sie an einem Glücksspiel teil. [...] Allein der Zufall entscheidet, das reizt Angehörige unterer sozialer Schichten, weil andere Faktoren ausgeschaltet werden.«

Es ist nicht nur die Summe auf dem Bankkonto, sondern ein bestimmter Umgang mit Geld, der uns fehlt, der uns von anderen unterscheidet. Meine Schwester hat sich in den letzten Jahren durch pausenlose Arbeit einen fünfstelligen Betrag erspart. Das Geld liegt auf ihrem Sparkonto. Sie käme niemals auf die Idee, es anzulegen, in Aktien oder Bitcoin zu investieren. Weil es *nichts für uns* ist. Wir arbeiten für unser Geld. Nicht das Geld für uns.

Drei Dubai-Bilder meiner Schwester, die ich ausgewählt habe:

Auf dem ersten sieht man, von schräg oben, eine Gruppe von Menschen, die Fotos machen, auf einer Aussichtsplattform, die im Himmel zu schweben scheint, eine etwa vier Meter hohe Glaswand trennt sie vom Abgrund.

Das zweite zeigt einen breiten Sandstrand mitten in der Stadt. Gleich dahinter eine Großbaustelle mit einem Gewirr an Baukränen. Es scheint unerträglich heiß zu sein in der Sonne, alles ist menschenleer.

Das dritte Foto zeigt einen ovalen Pool auf dem Dach eines Hotels, das von hohen Gebäuden umgeben ist. Am unteren Bildrand, verschwindend klein: der Freund meiner Schwester, im Pool, mit Sonnenbrille. Er hat das Kinn auf die Arme gelegt und blickt ausdruckslos in Richtung Kamera.

Von den zehn Stunden sind etwa acht um. Die Kaffeepausen habe ich mir ebenfalls ausbezahlt.

*

Müde von der Arbeit gehe ich vor die Tür und laufe zum nächsten Schreibwarengeschäft. Es ist schon dunkel, das Schild über dem Laden leuchtet in Gelb und Rot. Von Anfang an war mir klar, dass ich diese Arbeit erst durch eine bestimmte Handlung würde beenden können.

Im Laden, an dem Aufsteller, der an eine Poststation für Kinder erinnert, finde ich einen Schein, auf dem bereits vier der zehn Felder ausgefüllt sind, der aber offenbar nicht abgegeben wurde. (Sofort stelle ich mir verschiedene Szenarien vor: Jemand hat ein falsches Kreuz gesetzt, jemand hat die Sinnlosigkeit des Lottospiels erkannt und sich in letzter Minute umentschieden, jemand wurde vom Tod der Großmutter überrascht etc.)

Ich nehme den bereits ausgefüllten Schein und gebe ihn ab. Während ich dort stehe und auf meinen Beleg warte, habe ich das Gefühl, das letzte Geld meines Honorars sinnvoll ausgegeben zu haben.

Auf dem Rückweg komme ich bei McDonald's vorbei, kaufe mir einen Schoko-Donut und esse ihn im Gehen.

Vor dem Supermarkt beobachte ich, wie der Sicherheitsmann am Eingang eine auf dem Boden sitzende Frau mit Kopftuch anweist, einen entflohenen Einkaufswagen zurückzuholen. Er deutet nur mit dem Arm in die Richtung. Die Frau stellt ihren Becher mit Münzen ab und geht los. So als hätte sie diesen Befehl schon tausendmal befolgt. Ich bin unsicher, ob diese Szene etwas mit meiner Text-Sammlung zu tun hat, verspüre aber trotzdem das Bedürfnis, sie festzuhalten.

Preis des Lottoscheins: 5,30 Euro.
Schoko-Donut: 1,89 Euro.

2, 5, 9, 19, 24, 25 – 7.

Auf der Rückseite des Scheins, der nun wertlos scheint, aber nicht ist, steht: »Klassen-Lotterie«.

Arbeit

»Wieso willst du das wissen?«

»Ich finde es interessant.«

»Das ist doch nicht interessant.«

»Für mich schon. Wie war es damals? Wie hat ein normaler Tag in der Küche ausgesehen?«

»Viel Arbeit, was sonst!«

»Was genau? Womit hast du morgens angefangen?«

»Vorbereiten. Die ersten Stunden habe ich alles vorbereitet …«

»Okay.«

»Ja.«

»Und was zum Beispiel?«

»Was ist daran interessant? Wieso schreibst du nicht über was anderes?«

»Ich möchte darüber schreiben.«

»Dass ich Zwiebeln geschnitten habe?«

»Ja. Es geht um deine Arbeit, Papa!«

»Arbeit ist nicht alles im Leben. Schreib das.«

»Okay.«

»Aber das hab ich damals nicht kapiert … Ich hatte keine Zeit, nachzudenken … Vor lauter Arbeit.«

»Ja. Kann ich mir vorstellen.«

»Am schlimmsten waren die Spätzle.«

»Die Spätzle?«

»Ja. Spätzlemachen. Drei Stunden. Nachts. Das war schlimm.«

*

Am Morgen wache ich auf, das Zimmer ist hell, der weiße Vorhang schützt vor Blicken, nicht vor Licht. Ein Gefühl der Erschöpfung, als hätte ich nicht geschlafen, sondern die ganze Nacht durchgearbeitet. Keine Erinnerung daran, was ich geträumt habe.

Ich stehe auf, ziehe meine Jogginghose an und schlüpfe in meinen freien Tag. Bis der Kaffee gekocht ist, stehe ich am Fenster, ohne an etwas Bestimmtes zu denken, dann setze ich mich an meinen Laptop, um zu arbeiten.

Einige Wochen habe ich mich vor diesem Text gedrückt. Wie und womit anfangen. Das Areal, das es zu erkunden gilt, ist zu groß und hat keine Begrenzung. Dabei hatte ich die Arbeit schon längst begonnen.

Zum Beispiel an dem Tag im Sommer, an dem ich über das Tempelhofer Feld ging und daran dachte, was mir meine Eltern immer über das Arbeiten in der Gastronomie gesagt hatten. Warmer Wind, Kindergeschrei, der Geruch nach Butterkeks in der Luft, von der am Rand des Feldes liegenden Fabrik.

Ein Moment, der womöglich unwichtig ist, mir als Ausgangspunkt dennoch ebenso plausibel erscheint: Ich stehe mit einem Freund in der Küche unserer WG. Wir sind in unseren Zwanzigern, sprechen über ein Buch von Rainald Goetz, auf dessen Rückseite steht: »Don't cry – work!« Der Freund, aus bürgerlichem Hause, findet den Spruch hilfreich, ich kann ihm nichts abgewinnen. Ich denke zuerst an etwas Aufgezwungenes, an Schufterei.

»Egal was du tust, geh niemals in die Gastro!«

Wie meine Mutter an Tisch 1 sitzt, in der Ecke, sodass sie für hereinkommende Gäste nicht sofort zu sehen ist, den Kopf auf die Arme gelegt. Sie schläft, macht eine kleine Pause, bis die nächsten Gäste kommen. Ich, der an ihr vorbeischleicht, um sie nicht aufzuwecken.

Die Ansicht meines Vaters, früher sei alles leichter gewesen, das Betreiben eines Geschäfts, das Geldverdienen, die harte Arbeit. Ich bekomme es nicht sofort zusammen. Harte Arbeit, die früher leichter gewesen sein soll.

Sein Traum, noch einmal ein Lokal zu eröffnen, von Neuem anzufangen, aber mit der heutigen Erfahrung. »Ach, wenn ich jünger wäre …«

Einmal schaufeln wir gemeinsam ein großes quadratisches Loch vor seinem Haus, ein paar Meter tief. Schon nach einer halben Stunde bin ich vollkommen erschöpft, schwitze am ganzen Körper. »Schaufeln ist schwere Arbeit«, sagt mein Vater, um mich zu trösten. Dann schaufelt er den ganzen Tag allein weiter.

Die schlimmste Form der Arbeit, so mein Vater: nichts zu tun zu haben, auf Gäste zu warten.

Sartre an einer Stelle über einen Gastwirt: »Wenn sein Lokal sich leert, leert sich auch sein Kopf.«

Alte Folgen von *Was bin ich?* auf meinem Laptop, eine TV-Show aus den 60ern. Das Rate-Team muss über Ja- oder Nein-Fragen herausfinden, welchen Beruf der eingeladene Gast ausübt. »Ich muss Sie bitten, eine kleine Handbewegung zu machen«, sagt der Moderator zu Beginn jeder Runde.

Die Vorstellung, ich würde dort auf dem Stuhl sitzen und es vormachen: eintauchen, herausnehmen, eintauchen.

Die Frage der Ratenden, am 17. Dezember 1968: »Ist es das Gastwirtsgewerbe, das Sie ausüben?«

»Woran arbeitest du gerade? Worum geht es?«, werde ich von Freundinnen und Bekannten gefragt. »Es geht genau darum, um Arbeit!« Ich lasse den Begriff so stehen, ohne Erklärung. Mir gefällt die Vorstellung, dass mein Gegenüber sofort ein eigenes Szenario entwirft, über sich und Arbeit nachdenkt.

Dinge, die ich hinter mir gelassen und beinahe vergessen hatte, lerne ich noch einmal neu kennen. Unscheinbare Handbewegungen, Szenen und Erinnerungsdetails. Wie periphere Punkte in einem Zahlenbild, nicht notwendig, um das Gesamtbild zu erfassen, und dennoch Teil davon.

Die Hand meines Vaters, die unablässig kleine Röllchen aus Hackfleisch von der kreisrunden Öffnung des Fleischwolfes abzieht, im richtigen Moment, und sie blitzschnell zur Seite legt.

Das Sortieren der Bons in der Küche, wenn 20 Essen gleichzeitig bestellt wurden. Die Hände meiner Schwester in der Durchreiche, als würde sie ein kompliziertes Kartenspiel legen, ihr Körper von der Brust an abgeschnitten.

Das Bestreuen der Gerichte mit Petersilie (getrocknet, aus einer Plastiktüte), ohne hinzusehen, schon auf dem Weg zurück an den Herd, sodass die letzten grünen Flocken auf den Boden segeln.

Die zwei Fleischspieße, die in die Grillplatte gesteckt werden, bevor diese die Küche verlässt, wie das Kreuz am Ende eines Gebets.

Meine Mutter, die das Glas unter den Zapfhahn stellt und in der Zwischenzeit, in der sich das Glas mit Wasser oder Limonade füllt, eine weitere Flasche aus dem Schubfach in ihrem Rücken nimmt.

Ihre Hände beim Rollen des Bestecks, bei dem die Gabel auf das Messer gelegt und von einer weißen Serviette ummantelt wird, sodass ein gut sitzender Kragen entsteht.

Schneiden, rühren, polieren. Tagaus, tagein, von morgens bis abends. Darin liegt ein gewisses Verhältnis zur Zeit, das sich aus der unzähligen Wiederholung derselben Bewegungen und Handgriffe ergibt und das sich vielleicht auch im Tippen auf der Tastatur wiederfinden lässt.

Am Nachmittag laufe ich über Felder und Wiesen, entlang eines kleinen Bachs, in der Frühlingssonne, und denke über Arbeit nach.

Nachts habe ich einen Traum. Darin wird mir bewusst, dass es sich um einen Traum handelt, ich also machen kann, was ich will. Allerdings weiß ich nichts mit dieser Freiheit anzufangen. Ich laufe einfach hin und her, vor und zurück. Die Traumfabrik in meinem Inneren, sie scheint stillgelegt.

*

In der Schule war mein Vater gut in Mathe und Physik, er wollte später etwas Technisches machen. Sein Vater schickte ihn mit 15 Jahren auf die Gastgewerbeschule, nur die konnte sich die Familie leisten, weil Unterkunft und Verpflegung übernommen wurden. Das Einzige, was mein Vater damals besaß, war ein weißes Hemd, ein weißes Jackett, eine schwarze Fliege und eine schwarze Hose. Alles für die Arbeit.

In der Gastgewerbeschule lernte er, wie man am Tisch sitzt, wie man richtig isst, das Besteck hält, serviert, von Tisch zu Tisch geht, mit Gästen umgeht. »Keine leeren Wege«, der Leitsatz seines Chefs im »Hotel Orlando«, wo er anfing, als Kellner zu arbeiten. Mein Vater hatte immer einen kleinen Teller dabei, den er auf dem Weg über die Terrasse schnell aus der Tasche ziehen konnte.

Im Orlando lernte er meine Mutter kennen. Er war ihr Kellner, servierte der Touristin aus München das Essen und ein paar verschmitzte Blicke. Sie zeigte ihm Fotos vom Englischen Garten, er faltete ihr Rosen in die Servietten. Kurze Zeit später heirateten sie, mein Vater ging mit meiner Mutter nach Deutschland. Bei der Hochzeit trug sie ein weißes Kleid, er trug eine schwarze Fliege. Eine andere, etwas größere als die Kellnerfliege.

Das Pils-Pub in der Eintrachtstraße war das erste Lokal meiner Eltern. Eine Kneipe mit Spielautomaten, kleiner Küche, Würstchen, Kartoffelsalat und Bier. »Viel Arbeit, wenig Geld«, so mein Vater. Sie gaben das Pils-Pub nach nur einem Jahr wieder auf. In der Nähe von München, in einem kleinen Ort mit S-Bahn-Anschluss, dann die erste Wirtschaft, das »Dampfschiff«. Saal und Biergarten, kroatische und deutsche Küche. Obwohl meine Eltern noch nicht wussten, wie man eine Wirtschaft führte, lief das Geschäft, der Umsatz war gut, Montag war Ruhetag.

*

Seit einigen Tagen das Gefühl, nicht weiterzukommen. Je länger ich an diesem Kapitel arbeite, desto weniger scheint es zu gelingen. Während mir hundert andere Textideen einfallen. Als würde ich auf einer Baustelle stehen und beobachten, wie die Arbeit des Tages in sich zusammenfällt, während sich Bauwerke jenseits des Grundrisses, undurchschaubaren Plänen folgend, wie von selbst errichten.

»Arbeit ist zu anstrengend – was tun? [...] Sie können Techniken der Selbstmanagement-Methode *Getting Things Done* verwenden.« (helpster.de)

Also zurück zum Anfang: Dieser eine stille Moment, wir sitzen auf der Terrasse, sehen über die grünen Sträucher und Bäume hinweg zum Meer, mein Vater und ich, beide seitlich, wie im Kino, und ich denke plötzlich, dass ich über die Arbeit meiner Familie schreiben muss.

Dampfschiff, Werdenfels, Edelweiß.

Orte, die mehr als nur Orte sind.

Weil wir dort gemeinsam lebten, wohnten, arbeiteten, aßen, uns freuten, uns stritten, spielten, feierten, schliefen. Über viele Jahre hinweg.

Immer zusammen mit den Gästen.

Das eine Mal, als ich sechs Stunden im Zug unterwegs war und nach Hause fuhr, ohne meiner Mutter oder meiner Schwester Bescheid zu geben. Ich ging zu unserer alten Wirtschaft, sie war geschlossen. Ich schlich um das Haus, guckte mir jede Ecke an, die Terrasse, die Schilder, den Lieferanteneingang an der Rückseite, wo ich mich immer im Gebüsch versteckt hatte. Alles war umgebaut worden. Beim Gastraum stand ich mit den Händen an den Scheiben. Ein Gefühl, als würde ich in die Vergangenheit eines anderen blicken. Ein Mann kam aus dem Gebäude und fragte, ob ich etwas suchen würde. »Ich bin hier aufgewachsen«, sagte ich. Der Mann nickte kurz und ging zurück ins Haus.

Erinnerungen sind wie Stammgäste, die immer am selben Tisch sitzen: In Buchbach war es nicht schön. Eine alte Stube in einem Dorf in Niederbayern. Kartenspieler, Weißbiertrinker, Faschingsbälle, Fremdenzimmer im Obergeschoss. Stammgäste, die nicht mehr kamen, weil meine Eltern einmal mehrere Wochen zumachten, um mit uns nach Jugoslawien zu fahren. Die Speisekarte, die Öffnungszeiten, die Bedienung – alles war von ihrer Erlaubnis abhängig. Das Geschäft lief nicht. Meine Eltern gaben das »Gasthaus zur Post« schnell wieder auf, noch bevor sie eine neue Wirtschaft gefunden hatten. Erst kürzlich erzählte mir meine Schwester, dass es in Buchbach wirtschaftlich schwierig gewesen war, aber als Familie für sie am schönsten. Kein Streit, lange Urlaube, Montag Ruhetag, gemeinsames Kartenspielen am Stammtisch. Ich erinnere es anders, wie ein Gastwirt. Wenn ich an Buchbach denke, dann an »schlechte Zeiten«.

»§ 2: Wer ein Gaststättengewerbe betreiben will, bedarf der Erlaubnis. [...] § 4: Die Erlaubnis ist zu versagen, wenn Tatsachen die Annahme rechtfertigen, daß der Antragsteller die für den Gewerbebetrieb erforderliche Zuverlässigkeit nicht besitzt.« (Gaststättengesetz)

Die schöne doppeldeutige Formulierung meiner Schwester: »wirtschaftlich schwierig«.

Ihr Vorwurf, ich sei geschont worden. Ich hätte nicht so viel arbeiten müssen wie sie. Als hätte ich damals mit zwölf im Büro gesessen und mit meinen Eltern verhandelt, weniger zu arbeiten oder mir andernfalls eine andere Arbeit zu suchen.

Wenn meine Schwester am Samstag ausgehen wollte und meine Mutter ihr die Erlaubnis verweigerte: »Ich muss ja schließlich auch arbeiten!«

»Ich habe in der Küche angefangen, mit acht, und bin dann langsam zur Thekenkraft aufgestiegen«, sagt meine Schwester.

Sie hat zu keinem Moment ihres Lebens nicht Vollzeit gearbeitet. Sie fühlt sich verantwortlich, packt an, kann keine Arbeit unerledigt liegenlassen. Eine Psychotherapeutin sagte einmal zu ihr, das hänge auch damit zusammen, dass sie in der Gastronomie aufgewachsen sei.

Die eine Fahrt mit meiner Schwester im Auto. Es muss etwa vor einem Jahr gewesen sein. Sie erzählt mir, während wir von Ort zu Ort fahren, von den verschiedenen Stationen ihrer Arbeit. Apotheke, Klinik, Tablettenhersteller. Irgendwann erreichen wir das riesige Werk des Pharmaunternehmens, für das sie nun arbeitet. Wir fahren über das Gelände, sie zeigt mir den Gebäudekomplex, den Haupteingang, die Produktionsanlage, den Parkplatz und sagt Sätze wie: »Wenn ich in die Kantine essen gehe, dann gehe ich immer hier lang.« Zum zehnjährigen Jubiläum bekam meine Schwester einen Blumenstrauß und 100 Euro.

Meine Freundin sagt, nachdem sie diesen Text gelesen hat, sie habe an einer Stelle lachen müssen. »Keine leeren Wege.« Das würde ja ich immer sagen.

Am Nachmittag drei Frauen auf der Straße. Dicke Jacken, Make-up, Jogginghosen. Sie scheinen sich über ihre Arbeit zu unterhalten, in gebrochenem Deutsch. Sofort das Gefühl, dass sie ganz ähnliche Fragen erörtern wie ich, eine der Frauen sagt: »Dienstag Nacht, Mittwoch Tag, Donnerstag Nacht, Freitag Tag … Warum?«

*

Seit ein paar Jahren arbeite ich bei einer Zeitung, an zweieinhalb Tagen in der Woche. Den ganzen Tag sitze ich dort am Bildschirm. Ich könnte an fünf Tagen in der Woche arbeiten, was ich aber nicht will, ich will ja eigentlich schreiben (Work-Work-Balance).

Mittags esse ich oft in der Kantine. Das Restaurant ist von der Küche durch eine große Glasscheibe getrennt, auch nach draußen hin gibt es große Glasfronten, sodass man den Vorgängen in der Küche von der Straße aus zusehen kann, was mich immer befremdet. Manchmal hole ich mir morgens einen Kaffee und sitze an der langen Theke, um dem Personal in der Küche bei den Vorbereitungen zuzusehen. Sie waschen, schneiden, kochen, füllen um.

Ich werde dafür bezahlt, etwas zu tun, was ich okay finde, damit ich, nebenbei, das tun kann, was ich eigentlich will. Vielleicht ist das Ausdruck meines »Aufsteiger-Habitus«, nicht alles auf die eine Karte zu setzen, mit dem Schreiben wirklich mein Geld verdienen zu müssen. Das würde zu viel Druck erzeugen. Das doppelte Standbein als Ausdruck meiner Unsicherheit.

Meine Tarnung, die ich nicht aufgebe und jedes Mal ändere. Wenn mich jemand fragt, was ich mache, sage ich nie: »Ich schreibe.« Weil dann entweder gefragt wird, was ich denn so schreiben würde, worauf ich keine Antwort habe, oder weil das Gespräch nach einem Aha-Nicken abbricht. Früher habe ich ausweichende Antworten gegeben. »Was ich mache? … Ich stehe in letzter Zeit oft an einer Kreuzung und tue so, als würde ich auf jemanden warten«, bis es mir selbst kindisch vorkam.

Mein üblicher Satz, »Ich arbeite für eine Zeitung ... aber im Verlag« – das »aber« ist wichtig und zeigt an, dass ich nicht Journalist oder Redakteur, sondern »nur« Mitarbeiter bin –, kann die Frage, was ich mache, wenn ich arbeite, nicht wirklich beantworten. Andersherum – wenn ich zu einer Lesung oder zu einem Stipendium eingeladen bin und antworte: »Ich schreibe« – verhält es sich ähnlich. Die Antwort fühlt sich falsch an. Am wenigsten richtig erscheint mir die doppelte Antwort: »Ich bin Autor und Verlagsmitarbeiter.« (Wobei es hier wieder auf die Reihenfolge ankommt.) Als würde ich damit eine persönliche Niederlage zur Schau stellen. Noch bin ich Verlagsmitarbeiter, aber bald ...

In meinem Schrank habe ich ein kleines Fach frei gemacht, in dem ich meine Arbeiten aufbewahre (Veröffentlichungen, Artikel, Zeitschriften). Nur ich weiß, dass sie dort liegen, ich zeige sie niemandem.

*

Ich habe mich nicht an den Satz meiner Eltern gehalten und viele Jahre in der Gastronomie gearbeitet. Hinter der Theke, in verschiedenen Bars, in der Küche. Etwas in mir ist immer noch davon überzeugt, dass ich das, trotz meines Studiums, des Schreibens und meiner Beschäftigung bei einer Zeitung, am besten kann.

In einer Mittagspause durch die Stadt. Im Schaufenster eines Buchladens fällt mir das Buch *Brotjobs & Literatur* auf. Ich überlege, wie ich als Autor zu meinem Geld komme, was ich arbeite, warum ich nicht etwas anderes arbeite usw. Hinter mir Geräusche von klirrenden Flaschen, Getränkekisten werden gestapelt und in meine Richtung gefahren. Auf dem Transporter die Aufschrift »Gastro-Service«.

Ein Kollege bei der Zeitung schreibt in einer Mail an alle, er werde seine journalistische Karriere beenden, um einen zufällig gefundenen Gasthof in Franken zu übernehmen. Mein Impuls, ihn sofort zu warnen.

Am selben Tag noch eine Mail, in dem ein Nebenjob in einer Bar angeboten wird. »Erfahrungen in der Gastro solltest du unbedingt schon gesammelt haben.« Mein Impuls, die Stelle sofort anzutreten.

Das Glas schräg halten, nicht zu schräg, die Fließgeschwindigkeit mit dem kleinen Regler anpassen, je nach Tageszeit, Füllstand, Temperatur. Der Schaum darf nicht zu locker sein, nicht zu fest. Die größte Hürde: dunkles Weißbier aus der Flasche. Nur ein Versuch. Ist man zu zaghaft, gibt es eine Brühe ohne Krone. Ist man zu schnell, schäumt das Bier entsetzt über. Drei Stufen: langsam, schnell, zügig. Mein Stolz (bis heute), ein Bier richtig einschenken oder zapfen zu können. Jetzt erst bemerke ich: Es lässt sich nicht richtig erklären, es lässt sich nur richtig machen.

Wenn ich ein Arbeiter am Text bin, dann sind meine Eltern Autorinnen, ihres Lebens, ihrer Erfahrungen, ihrer Träume.

Mein Bemühen, in der Gastronomie Analogien zum Schreiben zu finden, so als gäbe es tatsächlich Gemeinsamkeiten, als würde mich diese Tätigkeit mit der Tätigkeit meiner Eltern verbinden. Vermutlich spricht daraus nicht der Versuch einer Analyse, sondern der Wille zur Annäherung.

So wie umgekehrt auch mein Vater: auf der Terrasse sitzend, mit Lesebrille, ein Manuskript von mir auf dem Tisch. Das weiße Papier war irgendwann ausgegangen, die zweite Hälfte des Textes ist auf rosafarbenem Papier gedruckt. Wenn er eine Seite gelesen hat, locht mein Vater das Blatt und heftet es ab, in einen blauen Ordner, jede Seite einzeln.

Ich gucke mir die Dokumentation *80 000 Schnitzel* an. Berta Zenefels, eine Frau von 84 Jahren, führt einen Gasthof in der Oberpfalz, ihre Enkelin, die eigentlich Wissenschaftlerin ist, tritt die Nachfolge an. Berta Zenefels hat ihr ganzes Leben im Gasthof verbracht, den Ort nie verlassen. Der Film zeigt, wie sie in der Küche arbeitet, Knödel formt, Knödel kocht, Schnitzel klopft. Wie sie keine Pause macht, im Stehen isst. Ihren Dialekt, sodass Untertitel zu sehen sind, wenn sie spricht.

Am Ende kann die Frau kaum mehr laufen, schleppt sich mit Krücken vorwärts, kann nicht aufhören, sich um die letzten Gäste zu kümmern.

Ein Zeitungsartikel, der zwischendurch eingeblendet wird: »Ein Leben für die Gäste«.

Das eigene Dasein, die eigene Zeit, das eigene Befinden, die eigenen Sorgen stets »den Gästen« untergeordnet. Ihnen ausgeliefert wie einer fremden, unkontrollierbaren Besatzungsmacht, die jederzeit einfallen und wieder abziehen kann.

Ich lese das Deutsche Gaststättengesetz. Um die Formulierungen und Sätze besser in mich aufnehmen zu können, vergrößere ich die Schrift, sodass jeweils nur zwei Sätze auf meinem Bildschirm zu sehen sind. Die erste Stelle, die mir auffällt, Paragraf 1: »stehendes Gewerbe«.

Die Bescheidenheit und das Abgeklärte, das Menschen wie meine Eltern auszeichnet, wenn sie über sich und ihre Arbeit sprechen. Die kurzen, der Arbeit selbst entrissenen Sätze. »Was soll man machen.« – »Es ist, wie es ist.« – »Einmal Gastro, immer Gastro.« Die Sprache wie etwas, was nur vom Wesentlichen ablenkt. Als würde die Arbeit zunichtegemacht, wenn man zu viele Worte darüber verliert.

Erliege ich nicht dem Mythos, immer dann von einem würdevollen Dasein zu sprechen, wenn es sich in harter, körperlicher Arbeit aufgerieben hat? Müsste ich nicht eher von sinnloser Plackerei sprechen? Oder würde ich ihre Arbeit damit geringschätzen?

Ist meinem Blick auf ihr Tun nicht unweigerlich die soziale Distanz eingeschrieben, die zwischen uns entstanden ist?

Am Anfang des Mythos: meine Ferienarbeit in einer Fabrik. Ich saß ab sechs Uhr morgens an einem Fließband, steckte Federn, Gehäuse und Plastikteile zusammen, betätigte eine Maschine, dann legte ich das fertige Stück auf das Band. Es gab einen Zähler unter der Werkbank. Unter uns Jugendlichen entstand ein Wettkampf. Jeder wollte besser sein als der andere. Nach der Schicht tauschten wir die Zahlen aus und bewunderten die Gewinnerin oder den Gewinner.

Am Abend räume ich müde den Tisch ab, stelle Tasse, Bücher und Glas auf meinen zusammengeklappten Laptop, wie auf ein Tablett.

*

Am frühen Morgen scheppert und hämmert es. Ich wache davon auf. In einigen Wohnungen nebenan wird gearbeitet, sie werden renoviert.

Ich bleibe noch eine Weile liegen. Mein Vater nebenan in der Küche, bei der Arbeit, er bereitet vor, schneidet Zwiebeln, hackt Kräuter, klopft Schnitzel.

In der Küche mache ich mir ein Käsebrot und esse es im Stehen, mit dem Oberkörper über der Spüle.

Eine Bekannte stellt Papier aus alten Zeitungen und Altpapier her. Ich drucke das Kapitel über Arbeit aus und gebe ihr die Seiten, damit sie diese zu neuen Blankobögen verarbeiten kann. Ein paar Tage später zeigt sie mir das neue Papier und sagt: »Da ist deine Arbeit drin!«

Müsste ich diesen Text nicht ganz anders schreiben, denke ich plötzlich, ohne künstlerischen Anspruch, ohne Raffinesse – weil diese stets Ausdruck einer vermeintlich überlegenen Position sind?

Oder würde ich umgekehrt mit einer einfachen, direkten Sprache (»Egal was du tust, werde nie Autor«) etwas simulieren? Einen Bezug zur Arbeiterwelt vortäuschen, von der ich längst abgeschnitten bin?

Wie schreibt man von einem Ort aus, der sich »zwischen den Klassen« befindet? Wechselt man, von Abschnitt zu Abschnitt, hin und her, oder schafft man ein Amalgam? Und wie könnte ein solches aussehen?

Wenn ich von einem Ort an den anderen wechsle, von einem Milieu ins andere übertrete, nehme ich auch immer etwas von dort mit. (»Keine leeren Wege.«)

Hin und wieder bricht etwas von außen in meine Arbeit ein. Während ich am Fenster sitze und schreibe, kommt die Reinigungskraft, die den Boden wischt, langsam auf mich zu. Ein nasser, glänzender Boden, sich nähernd wie bei aufkommender Flut. Immer wieder das Tönen ihres Handys, der »Hex-Hex«-Sound von Bibi Blocksberg.

Meine Schwester, die mir weitere Fotos von der Wirtschaft schickt und dazu schreibt: »Dampfschiffbilder«. Meine Mutter beim Bedienen, mein Vater in der Küche, meine Schwester hinter der Theke, ich am Stammtisch.

Von Hand gefeuerte Dampfkessel, Schaufelräder, die durchs Wasser schneiden. Rauchwolken und Dunstschwaden über dem Schornstein. Es lief permanent unter Hochdruck, bewegte sich aber trotzdem nicht vom Fleck.

Meine Erinnerungen an meine Familie sind untrennbar mit der Küche, der Theke, dem Gastraum verbunden, damit verwachsen. Mir fällt zum ersten Mal auf, dass wir immer zusammen waren, aber nie richtig.

Wenn wir uns von früher erzählen, geht es fast immer um Zeiten, in denen in der Wirtschaft viel los war. Weil eine große Veranstaltung stattfand, für Hunderte Gäste gekocht werden musste oder das Lokal plötzlich und unerwartet voll war. Es schwingt Stolz mit, wenn mein Vater davon erzählt, wie viele Gerichte an einem Tag »rausgingen«, wie meine Schwester und ich mitgeholfen haben, wie uns das »Vanilleeis bis zu den Ellbogen« stand. Diese Tage, an denen wir die Arbeit gemeinsam geschafft haben, sind bedeutend für uns. Es sind die Familiengeschichten, an die wir uns gerne erinnern.

Getting things done.

Ich lese das Buch *Vielleicht wäre ich als Verkäuferin glücklicher geworden* und stelle mir die gleiche Frage: Wäre ich als Gastwirt vielleicht glücklicher geworden? Die Vorstellung, ich würde heute die Wirtschaft meiner Eltern weiterführen.

Das Dampfschiff oder das Werdenfels.

Das da hinter der Theke, das bin ich, die Flasche schräg im Glas.

Es gibt eine Art Rivalität von Träumerei und Realität um die Deutungshoheit in meinem Leben.

Wenn ich ein Foto besitzen könnte, das gar nicht existiert, aus unserer Zeit in den Wirtschaften, dann wäre es: meine Mutter an Tisch 1, sich ausruhend, schlafend, um sie herum das Stillleben aus Aschenbecher, Salz- und Pfefferstreuer, Bierdeckelhalter.

*

Der Traum meines Vaters, Mathematiker oder Ingenieur zu werden.

Meine Mutter, die vom Lottogewinn träumt.

Meine Schwester und ihr Traum von einem Haus mit Pool.

Wovon träume ich?

Mein Vater hat irgendwann damit begonnen, in der Wirtschaft zu übernachten. Im Fernsehzimmer, auf dem ausgezogenen Sofa. Ich dachte als Kind, es hätte damit zu tun, dass er gern dort war. Denn ich war gern dort. Wenn oben bis spätnachts gearbeitet wurde, sah ich unten fern. Es gibt ein Foto von mir, wie ich auf dem Sofa liege, in Knight-Rider-Bettwäsche, und schlafe.

Früher dachte ich, es heiße »Night Rider«, Reiter der Nacht.

Mir fällt dieser Künstler ein, Mladen Stilinović. Es gibt acht Fotografien, die ihn beim Schlafen zeigen: »Artist at work«.

»Das Traumsymbol ›Pommes‹ wird in der psychologischen Traumdeutung manchmal auch als Hinweis auf eine schwache Willenskraft angesehen. Möglicherweise erliegt der Träumende sehr leicht Verführungen, die auf den ersten Blick verlockend erscheinen, ihm jedoch mehr schaden als nutzen werden.« (traum-deutung.de)

»Einen Gastwirt sehen oder mit ihm verkehren: eine unangenehme Überraschung steht dir bevor.« (traumdeuter.ch)

»Verlässt man aber das Wirtshaus im Traum, deutet das Traumsymbol auf materielles und persönliches Wohlergehen hin.« (traum-deutung.de)

Abends im Kino, der Film *Mulholland Drive*. Die Szene im Fast-Food-Restaurant, in der ein Mann seinem Gegenüber von seinem Albtraum erzählt: »I had a dream about this place.« Seine Todesangst vor einem Mann, der im Hinterhof lauert, eine angsteinflößende Gestalt auf der Rückseite des Lokals.

Am frühen Abend gehe ich in ein arabisches Restaurant ein paar Straßen weiter. Es ist nicht viel los. Ich setze mich in den Nebenraum, bestelle einen Teller mit Gemüse und Pommes. Irgendwann bin ich der letzte Gast. Ich lege meinen Kopf auf die Arme und schließe die Augen.

*

Nach der letzten gemeinsamen Wirtschaft arbeitete meine Mutter weiter als Bedienung. Viele Jahre, vor der Zeit im McDonald's, bediente sie in einem bayerischen Gasthof, ein paar Kilometer von uns entfernt. Knarzende Holzböden, Geruch nach Bauernhof, Fliegenfänger an der Decke. Wenn ich sie am Sonntag dort besuchte, um Pfifferlinge mit Semmelknödel zu essen, dann war ich ihr Gast. Im Winter ging sie »stempeln«, wobei ich lange nicht wusste, was das bedeutete.

Wenn sie einmal einen Nachmittag frei hatte, kam sie vollkommen erschöpft zur Tür unserer Wohnung herein, schaltete den Fernseher ein und ließ sich in ihren Sessel fallen, den man nach hinten klappen konnte. Die Federn des Sessels ächzten, die Fußablage schnellte nach oben. Noch im Zurücklehnen betätigte sie die Fernbedienung. Nach wenigen Minuten war sie eingeschlafen.

Mein Vater eröffnete eine neue Wirtschaft, das »Edelweiß« in Grainau, zwischen massiven Bergketten gelegen, obwohl er die steilen Berge vor der Nase nicht ausstehen konnte. Im Sommer kamen Touris, dafür gab es im Winter kein Geschäft. Es gab Wochen, in denen mein Vater, weil er sonst zu wenig verdient hätte, alles alleine machte. Kellner, Thekenkraft und Koch. Bestellte jemand etwas zu essen, dann verschwand er schnell in der Küche. Wenn ich ihn besuchte, dann schickte er mich zu den anderen Wirtschaften, um zu sehen, wie viel los war.

Wie ich das Fast-Food-Lokal betrete, meiner Mutter hinter dem Tresen Hallo sage, die Mitarbeitenden begrüße. Ich richte den Blick auf die buntleuchtende Anzeige, um etwas bei meiner Mutter zu bestellen. Sie gibt meine Bestellung in die Kasse ein, wiederholt sie dabei laut. Wie immer ist sie gut gelaunt, macht Witze mit den Gästen, ruft etwas nach hinten, wie früher in der Wirtschaft.

*

Ich bin in der Gastronomie aufgewachsen, habe selbst diese Arbeit gemacht, über viele Jahre, habe lange darüber nachgedacht und kann trotzdem nicht sagen, was es bedeutet, ein ganzes Leben in der Gastronomie zu verbringen.

Die Arbeit an diesem Text lässt sich nicht abschließen. Das Geschriebene ist nicht das Ende der Anstrengungen, sondern deren Beginn. Immer wieder das Spiel *Was bin ich?* (»Ist es das künstlerische Gewerbe, das Sie ausüben?«). Selbstbefragungen. Das Ausgraben und Untersuchen der eigenen Motive. »Das ist schwere Arbeit«, sage ich zu mir selbst. Und schaufle den ganzen Tag weiter.

Vermutlich geht es mir darum, den Abhängigkeiten und Unausweichlichkeiten der Realität etwas entgegenzusetzen.

Bilder und Begriffe, die das Schreiben mit der Idee von tieferen Schichten verbinden, treffen für meine Suche, denke ich plötzlich, gar nicht zu. Vielleicht gleicht meine Arbeit eher Zufallsmomenten, unvorhersehbaren Erscheinungen. Als würde man hinter der Theke stehen und nicht wissen, wer als Nächstes zur Tür reinkommt.

Auf Gäste warten, die schlimmste Form von Arbeit.

*

Mein Vater träumt noch heute von der Wirtschaft. Immer der gleiche Ablauf. Es ist viel los, immer mehr Gäste kommen, alle Tische sind voll. Er nimmt die Bestellungen auf, läuft zurück zur Kasse und kann seine eigene Schrift auf dem Block nicht mehr entziffern. Nur noch Gekrakel. Das Gefühl, es einfach nicht zu schaffen.

Nachdem er mir von seinem Traum erzählt hat, habe ich, schon in der nächsten Nacht, den gleichen Traum, als träte ich seine Nachfolge an: Ich stehe hinter der Theke unserer Wirtschaft, mache die Getränke, komme nicht hinterher, schaffe es einfach nicht.

Ich schreibe meiner Schwester eine Mail und frage sie, ob sie wiederkehrende Träume von der Wirtschaft hat. Ihre Antwort: »Nein, von der Wirtschaft träume ich nicht.«

Ein Denkmal für Mercedes

»Wer einem besonderen Stern nahekommen will, muss in diesen Tagen nicht mit einem Teleskop den Himmel abzusuchen [sic!].« (mercedes-benz.com)

»Endlich wieder mit Stern [...]. Der Stern wurde vor einer Weile geklaut und ich hätte ihn gegen eine Platte getauscht. Mein 6-jähriger Sohn fand den Stern aber toll und ich eigentlich auch.« (Mercedesstern, Bewertung auf Amazon)

Ein Video aus dem Jahr 1985: Ein Sprecher mit tiefer, sachlicher Stimme erklärt das Design des neuen Mercedes. »Ein Stil aus Großzügigkeit und Zweckmäßigkeit«. »Belastungsgrenzen des menschlichen Körpers« und »Konditionserhaltung der Passagiere«. Der gezeigte Mercedes steht in einem leeren, unendlichen Raum. Dazu Synthesizer-Sounds wie bei Kraftwerk. Anfang und Ende des Videos: ein sich drehender, hell blitzender Stern in Nahaufnahme, vor schwarzem Hintergrund.

In Imotski, einer Stadt in Kroatien mit der höchsten Mercedes-Zulassungsrate pro Einwohner, soll ein Mercedes-Denkmal gebaut werden. Im Internet finde ich dazu nur einen Entwurf. Ein Mercedes in Originalgröße, aus Stein, auf einer Verkehrsinsel, neben einem Supermarkt. In einem Interview im kroatischen Fernsehen wird ein Bewohner von Imotski zu dem Phänomen befragt, er antwortet: »Wer hier keinen Mercedes fährt, mit dem stimmt was nicht, der ist nicht normal.« Wer zu wenig Geld habe, sich einen zu kaufen, für den werde im Ort gesammelt, behauptet er.

Die Künstlerin Alexandra Bircken hat für eine Ausstellung in München mehrere Mercedes-Schaltknüppel in einer Reihe an die Wand gehängt. Daneben steht ein Motorrad, in der Mitte sauber durchtrennt, wie von einer gigantischen Kreissäge. Die Innenteile und Hohlräume des Motors sind zu sehen. Im Text zur Ausstellung heißt es: »Es geht um unsere Verletzlichkeiten und unsere Mittel des Eigenschutzes. Und um die Leistung, welche die moderne Gesellschaft von uns erwartet [...].«

Der rote Mercedes meines Vaters, immer auf demselben Parkplatz neben seinem Haus. Innen der Geruch nach Leder und nach Plastik, das zu lange in der Sonne geschmort hat. Der Stern auf der Motorhaube, durch ein unkaputtbares Emblem ersetzt, zu oft wurde er abgerissen.

Der Wagen fällt auf in den Straßen, man sieht sonst nur neuere Modelle. Freunde und Bekannte, die auf meinen Vater einreden, er solle sich endlich ein neues Auto kaufen. Er, der an der Fahrertür steht, die Arme aufgelegt, seine Hände streichen über das Dach, als hätte der Mercedes das Gerede mitbekommen.

Immer wieder Bilder von Autofahrten:

Mein Blick durch die Seitenscheibe, unten fliegen nur

Fetzen vorbei, darüber die Landschaft, Wälder und Wiesen, fließendes Grün.

Der Takt der weißen Pinselstriche, die unter der Motorhaube verschwinden.

Die Nächte auf Raststätten oder an Straßenrändern. Das tosende Geräusch der vorbeifahrenden Autos.

Fahrt mit offenem Fenster, der Geruch nach Kiefern in der Sonne. Irgendwo anhalten, an der Küstenstraße, und reinspringen.

Nach der Metro zu McDonald's. McDrive, im Auto sitzen und Cheeseburger essen.

Auf dem großen, leeren Parkplatz am Baumarkt, im ersten eigenen Auto. Big Mac auf dem Schoß, Pommes zwischen uns, laufender Motor. Es ist Nacht, es schneit, alles ist weiß. Meine Freunde und ich werfen die McDonald's-Tüte aus dem Fenster, drehen die Musik auf, ziehen mit der Handbremse Kreise über den weißen Platz.

Zwischen braungrünen Feldern auf Feldwegen vorbei an den Forstverkehr-frei-Schildern, immer weiter hinein in den Wald, bis Zweige das Autodach streifen.

Wenn das Geschäft nicht mehr lief, zogen wir um, in eine neue Wirtschaft. Einmal packten wir alle unsere Sachen in einen Anhänger und wussten einige Tage nicht, wohin. Wir übernachteten an einem Waldrand. Meine Eltern im Anhänger, meine Schwester und ich im VW-Bus.

Meine Schwester und ich, die wir viele Jahre später von der Landstraße auf einen Feldweg abbiegen, um zu der Stelle am Waldrand zu gelangen. »Hier war es, hier haben wir damals übernachtet.«

Die vielen Male, an denen wir uns eine freie Wirtschaft angesehen haben. Unsere Fahrten in andere Städte und Gemeinden. »Ein Lokal anschauen.« Die Orte, an denen wir lebten, in die wir zogen, die unser Zuhause wurden und unsere Jahre bestimmten, waren keine Häuser, keine Gegenden, keine Landschaften, keine Städte, sondern Wirtschaften.

Auf eine unmittelbare und nicht weiter erklärungsbedürftige Weise sind wir nie angekommen, waren wir immer unterwegs. Eine Freundin, der ich erzähle, dass wir immer von Ort zu Ort gezogen sind, wenn es in der Wirtschaft nicht mehr so gut lief, sagt zu mir: »Wie fahrendes Volk.«

Mein anfänglicher Widerwille, das Auftauchen dieser Auto-Bilder ernst zu nehmen, sie in meine Text-Sammlung einfließen zu lassen. Aus bewusster oder unbewusster Abgrenzung, aus Angst vor dem Proleten in mir. Als bräuchte ich nur das Rad oder den Zug zu nehmen, um meine tiefergelegten Verbindungen loszuwerden.

Ein Denkmal nicht für ein Ereignis, einen Ort oder eine Person – sondern für ein Auto. Ich komme nicht darüber hinweg.

Auf dem digital erzeugten Bild ist keine Möglichkeit zu erkennen, als Fußgänger auf die Insel zu gelangen. Man soll das Kunstwerk vielleicht nur im Vorbeifahren sehen können. Der Mercedes steht vor einer großen Steinmauer, wie bei einer geteilten Drehbühne. Wenn man den Platz umrundet, wird man das Auto mal erblicken können und mal nicht.

Vielleicht ist es auch das ehrlichste Denkmal, von dem ich jemals gehört habe, denke ich plötzlich.

Und vielleicht hat dieser Text eine ganz ähnliche Funktion und Bedeutung.

*

Mein Vater kommt aus einer bosnisch-kroatischen Bauernfamilie, drei Geschwister, ein kleines Steinhaus, 50 Schafe, ein Pferd, zwei Kühe, ein paar Hühner. Nach seiner Ankunft in Deutschland fuhr er einen VW Käfer, später einen Ford Capri. Mein Vater schwärmt noch heute von seinem Sportwagen. Es gibt ein Foto von ihm, das ihn vor dem Capri zeigt, in Jeans, lässiger roter Windjacke und Lederschuhen. Im Capri sei er zweimal überholt worden, erzählt mein Vater, »nur zweimal!« Einmal habe das Manöver zehn Minuten gedauert, auf der Autobahn, er gegen einen Golf GTI.

»Oben« und »unten«. »Rauffahren« und »runterfahren«. Oft fuhren meine Mutter und mein Vater mit zwei Autos, um eines davon zu verkaufen. Sie schmuggelten ein paar Sachen, von einem System ins andere, Maschinen von Bosch runter, Schnaps und Kaffee rauf. Wie ein Grenzbeamter einmal einen Kanister entdeckte und fragte: »Was ist da drin?«, und mein Vater antwortete: »Wein.« Der Polizist schraubte den Deckel auf, roch an der Öffnung und sagte: »Warum lügen Sie mich an?«, und mein Vater antwortete: »Warum wohl!«

Als mein Ausweis verlangt wurde, den es noch nicht gab, ich war ja erst zwei, lag ich hinten auf einer Matratze aus Kaffee. »Sie haben immer noch keinen Pass für den Jungen?« Mein Vater antwortete: »Sie sehen doch, dass es mein Kind ist!« Wir mussten umkehren und nach Zagreb fahren, um die nötigen Papiere zu besorgen. Wie wir einen Tag später durchgewunken wurden, vom selben Beamten, und es wieder zum Streit kam, weil mein Vater darauf bestand, meinen frisch gestempelten Ausweis zu zeigen.

Onkel Stijepo, der kleine Bruder meines Vaters, blieb in Jugoslawien, als mein Vater nach Deutschland ging, und wurde Automechaniker. Bei einem Arbeitsunfall verlor er den Zeigefinger seiner rechten Hand. Onkel Stijepo lachte viel, trug abends weiße Unterhemden, setzte uns Kinder auf seine Schultern und begann aus dem Nichts, Lieder zu singen. Manchmal saß er mit schwarz verschmierten Händen vor dem Fernseher, sagte stundenlang kein Wort und zischte jeden an, der ihn störte. Einmal lachte er mich aus, weil ich daran glaubte, dass der Mensch vom Affen abstammt. Wenn er rauchte, ich sehe dieses Bild deutlich vor mir, als würde er mir gerade den Rauch ins Gesicht pusten, dann hielt er die Zigarette zwischen Ring- und Mittelfinger. Ein weiteres Bild: wie er und mein Vater anhalten, die Böschung der Küstenstraße hinunterklettern, zu den Autowracks, um einen brauchbaren Außenspiegel oder Auspuff zu finden.

*

Audi 80
VW Käfer 1200
BMW 1802
VW Käfer 1300

Peugeot 205
BMW 1502
VW Bus I
Ford Capri
VW Bus II
Simca 1307
VW Bus III
Mercedes 190
Opel Kadett
Mercedes 190
VW Golf II
Mercedes 190

Der auf der Motorhaube sitzende Mercedesstern, direkte Folge und Negation des roten Sterns von Jugoslawien, wo allen alles gehörte und daher niemand etwas hatte, zumindest nicht die Familie meines Vaters.

»Sein gelber Benz ist bald 40 Jahre alt. Damals war Ante Dodić als Gastarbeiter in Deutschland. So wie fast alle Männer aus Imotski. [...] Sie haben gut verdient, aber auch hart geschuftet.« (Bayerischer Rundfunk)

Mein Vater, der betont, kein Gastarbeiter gewesen zu sein, da er ja nicht angestellt war, sondern selbstständig. Als ginge es nur um Arbeitsverträge und Abkommen.

Anders als viele Gastarbeiter kehrte er wieder in seine Heimat zurück. Also doch ein Gast, denke ich, ein Gastwirt zu Gast in Deutschland.

Die erste Zeit in Deutschland habe gestunken, sagt mein Vater. Die Autos, die Stadt, die Abgase, er war das nicht gewohnt. »Aber vor allem das Fleisch. Ein schlimmer Geruch. Ganz anders als bei uns.«

Ein weiteres Foto von meinem Vater: wie er mit zwei Stammgästen hinter der Theke steht. Die beiden Schnurrbärte haben ihn in die Mitte genommen, strecken Schnapsgläser in die Höhe und scheinen etwas laut zu rufen oder zu singen. Mein Vater lächelt und hält das Glas hoch.

Mein Vater fuhr (fast) immer deutsche Autos.

Er parkte akkurat und hielt sich an die 30er-Schilder.

Er kannte alle Nummernschilder Deutschlands.

Er stellte den Motor ab, wenn er im Auto wartete. (Ein Deutscher hatte ihn dazu aufgefordert.)

Er lernte zwei Sprachen auf einmal, Deutsch und Bayerisch.

Er füllte jedes Formular richtig aus.

Er war fleißig, korrekt und ordentlich.

Er kannte jeden deutschen Minister beim Namen.

Er arbeitete nicht nach 20 Uhr mit der Bohrmaschine. (Ein Deutscher hatte ihn dazu aufgefordert.)

Er knauserte nicht mit Freibier.

Er lächelte, wenn die Gäste Späße über seine Landsleute oder Jugos machten.

Er machte Witze über Österreicher.

Er war gut im Kartenspielen, Schafkopfen und Watten.

Er schaute *Monaco Franze* und *Zwei Münchner in Hamburg*.

Er lächelte, wenn ihn die Gäste für seine Sauberkeit lobten.

Er ließ sich duzen und auf die Schultern klopfen.

Er hörte sich ihre Beschwerden an.

Er beschwerte sich nicht.

Er schwieg, wenn sie sagten, er sei anders als die anderen Ausländer.

Er hielt Widerworte oder Erregung zurück.

Er war ehrgeizig, aber brüstete sich nicht mit seinen Erfolgen.

Er versuchte, nicht zu laut zu sein.

Er redete nicht viel von seiner Heimat, sonst schickten sie ihn dorthin zurück.

Er redete nicht viel von Deutschland, denn dann machten sie ihm klar, dass hier nicht seine Heimat war.

Eine seiner Anekdoten, über die wir häufig lachen: Als er meinem Lehrer in der Schule die Hand geben wollte, am Kuchenbüfett, und der Lehrer zurückzuckend dachte, mein Vater wolle ihm den Kuchen vom Teller klauen.

Ein kleines Detail konnte genügen. Bei einem Streit mit einem Deutschen, um den richtigen Milchschaum auf dem Cappuccino: »Du kommst hierher und willst mir erzählen, wie man …«

Einmal fragte er die Stammgäste in der Wirtschaft: »Wann bin ich einer von euch?« Und sie antworteten: »Wennst an Wolpertinger fangst!« Mein Vater lachte mit, obwohl er wusste, dass das Tier ein Fabelwesen war.

Ausdrücke meines Vaters:

»Des war a Gaudi.« (Da war was los.) »Der is deppert.« (Er hat nicht alle Tassen im Schrank.) »Narrisch wern.« (Wütend werden.) »Mei o mei!« (Ach du meine Güte!) »Backmas!« (Lass uns gehen!)

Alle paar Monate machten meine Eltern früher zu, wenn nichts los war, dann gingen wir zusammen in ein Restaurant, fast immer zu Alfredo, dem befreundeten Italiener im Ort. Die Erwachsenen begrüßten sich herzlich, die Leute drehten ihre Köpfe und blickten zu den besonderen Gästen.

Alfredo sprach deutsch und italienisch, immer abwechselnd, ganz selbstverständlich. Die deutschen Gäste machten mit: »Grazie.« – »Arrivederci.« – »Un espresso, per favore.« Bei meinen Eltern gab es so etwas nicht. Niemand wollte wissen, was »Guten Abend«, »Danke« oder »Auf Wiedersehen« auf Jugoslawisch hieß. Wenn mein Vater etwas Lautes in seiner Sprache rief, dann schreckten die Gäste hoch wie bei quietschenden Reifen auf der Straße.

»Warum streitet ihr?«, wurde mein Vater oft gefragt, wenn auf Kroatisch gesprochen wurde. »Wir streiten nicht, wir reden so.«

Vom Kind eines bosnischen Ziegenhirten zum selbstständigen Geschäftsführer einer Wirtschaft in Deutschland. Ein ungeheurer Sprung. Von unten nach oben.

Trotzdem blieb immer ein unüberbrückbarer Abstand, eine Kluft. Seine Herkunft wie eine zweite

Schicht über jedem Gespräch, jeder Situation, jeder Handlung.

»GAP« – für viele Jahre das Kennzeichen meines Vaters.

*

Die langen Autofahrten nach Kroatien. Zwei Tage im Capri oder in unserem blauen VW-Bus. Jugoslawische Schlager auf Kassetten, Schnitzelbrote in Alufolie, die Küstenstraße, die die Berge aufschlitzt und zerteilt. Meine Mutter, mein Vater, meine Schwester und ich. Alle zusammen, nur wir, ohne Gäste. Wir fuhren abends in Deutschland los, durch die Nacht, wegen des Verkehrs, ich kenne Österreich und Slowenien nur bei Nacht.

Irgendwo stehen bleiben. Es kam nie infrage, ein Zimmer zu mieten, auf dem Weg, in einem Motel oder einer Pension. Wir schliefen im Auto, an einer Raststätte, am Straßenrand, mit zurückgedrehten Sitzen, im Schutz der beschlagenen Fenster. Nur für ein, zwei Stunden, dann ging die Fahrt weiter. Am Morgen nach dem Aufwachen fiel unser Blick aufs Meer. Tagsüber, wenn die Hitze unerträglich wurde, hielten wir irgendwo an, an einem kleinen Strand, direkt an der Straße, und sprangen ins Wasser. Dann fuhren wir weiter, mit lauter Musik, unsere nassen Handtücher in die Scheibe geklemmt.

Wir fuhren zuerst zu unseren Großeltern nach Duži. Mit einigen Lagen Bier, einem Farbfernseher oder neuem Werkzeug im Kofferraum. Mein Großvater liebte deutsches Bier, Löwenbräu in blauen Dosen, eine Palette davon stand immer unter seinem Bett. Er hat nie ein Auto besessen. Wenn er vom Dorf in die nächste Stadt wollte, hielt er Autos an der Straße an und ließ sich mitnehmen. Nach dem frühen Tod seiner Frau hat er noch einmal geheiratet. Wir nannten sie immer nur »Tetka« (Tante). Tetka Cvija war eine robuste und kräftige Frau, mit starken Oberarmen und lauter Stimme. Kopftuch, große Ohrringe, Arbeitskleid. Der Ton ihrer Stimme, der hin- und herwechselte: nett zu uns Kindern, scharf zu unserem Opa. Wie sie das Wasser mit dem Eimer aus dem Brunnen schöpfte, mit einer präzisen Bewegung, die sonst nur mein Vater hinbekam. Wir brachten ihr Waschmittel und weiße Turnschuhe aus Deutschland mit. Vor der Abreise backte Tetka Cvija Hefekrapfen (eine große Plastiktüte voll, für die Fahrt), machte unser Auto mit Wasser nass, bekreuzigte sich und betete.

*

Der jahrelange Wunsch meines Vaters, einen Jeep zu besitzen, für die steinigen Wege und Berge in Duži in Bosnien-Herzegowina.

Als ich meinem Vater einen schwarzen Suzuki Samurai besorgte, um ihn runterzubringen. Für 2000 Euro, von einem Förster. Der Verkäufer sei sehr nett und freundlich gewesen, versicherte ich meinem Vater am Telefon. »Das ist kein gutes Zeichen«, war seine Antwort.

Auf dem Weg, 20 Kilometer außerhalb von Berlin, ich

hatte gerade die Auffahrt genommen, Richtung Autobahn, blieb der Suzuki-Jeep mit einem Motorschaden stehen.

Mein Vater meinte, es sei seine Schuld, er hätte wissen müssen, dass ich nichts von Autos verstehe.

Wieder diese Ansammlung von Nebensächlichkeiten, die mir dennoch wichtig erscheinen:

Die Autorennbahn, die ich als Kind besaß. Die Fahrbahn aus schmalen Einzelteilen, die man zusammenstecken konnte, batteriebetriebene Fahrzeuge. Eines der Modelle, mit denen meine Schwester und ich uns Nachrichten schickten, kleine Zettel auf der Ladefläche, von einem Zimmer ins andere, so sehe ich erst jetzt: ein schwarzer Suzuki-Jeep.

Als ich in der leeren Bibliothek mit einem Freund telefoniere, ihm erzähle, dass das Schreiben zurzeit Freude bereite, was nicht immer und eigentlich nur selten der Fall sei, und mein Blick auf ein Buch fällt, Suzuki: *Erfülltes Leben*.

Eine Autorin, die ich kürzlich kennenlernte, hat Texte von sich und ihrer Familie auf ihren VW-Bus geschrieben. Kleine, eng beschriebene Zeilen. Das gesamte Auto ist voll mit ihren Geschichten.

Der Tag, an dem ich mit einer Freundin von Split nach Zagreb fahre, grüne Bergteppiche bis zum Horizont, weiße Kirchturmspitzen, alles ist mit Sonne und Helligkeit überschüttet. Wir gleiten sanft dahin, über die leere Autobahn, und ich denke nur: wie schön es ist.

Wie ich einmal mit dem Auto auf der Landstraße in Bayern unterwegs bin, an einem grauen, bewölkten

Tag, und ein Jeep mich überholt, mit einem riesigen, toten Wildschwein auf der Ladefläche, mit Riemen und Gurten festgeschnallt.

Die dem Erzählen zugrunde liegende Selektivität, nur gewisse Aspekte in die Erzählung übertreten zu lassen. Dinge und Details, die nicht mit ihr konvergieren, werden ausgespart. Im Kleinen wie im Großen. So hieß das Buch in der Bibliothek *Erfülltes Leben aus Zen*. Und die Geschichte meines Vaters könnte auch anders erzählt werden: »Erfolgreich und anerkannt in Deutschland.« So stelle ich mir den TV-Beitrag im Bayerischen Rundfunk zumindest vor.

»Wir brauchen einen Sack und eine Kerze aus reinem Bienenwachs.« (Aus: *Wie fangen wir einen Wolpertinger?*) In dem Kurzfilm laufen zwei Männer durch den Wald, als Bayern verkleidet, mit Lederhosen, Hüten, schwarzen Perücken und schwarzen, langen Bärten.

»Der [Wolpertinger] verendet ja in Gefangenschaft. [...] Wenn du ihn fängst und einsperrst, dann ist er ganz, ganz empfindlich. [...] Ich finde es schön, dass wir hier in Bayern so eine Vielfalt an Natur haben. Und damit das auch so bleibt, sollte man sie in Ruhe lassen. [...] Ich hab mal gelesen, dass wenn Preißn in den Wald gehen, dass die den nicht finden können, weil die so laut sind, und das mag er nicht, dann haut er ab. [...] Wenn man sich anständig aufführt, dann kommt er [...].« (Podcast *Bayern Absolut*)

Ich sehe meinen Vater: hinter der Theke, zwischen den Schnurrbärten, unter den Faschingsgirlanden, mit Lederhose, Hut, schwarzer Perücke und angeklebtem, langem Bart.

Die Karte, die eine Freundin nach einem Aufenthalt in Kroatien zum Abschied mit Buntstiften gemalt hat. Ein Fabelwesen. Ein Hase mit Entenschnabel, Reh-Geweih und Flügeln. Die Karte steht bis heute im Zimmer meines Vaters.

Ein beruhigendes Bild: Wir fahren mit dem Suzuki-Jeep in den Wald, auf holprigen Feldwegen, bis Zweige das Autodach streifen. Wir steigen aus, gehen tiefer hinein. Um das Tier endlich zu erledigen, es abzuknallen und es auf die Ladefläche zu schnallen.

*

Mein Vater und ich, wir sitzen in seinem Garten, unten auf der schmalen Steinmauer. Wir essen Granatäpfel, er erzählt mir von seiner Zeit im Lokal. Als er für 200 Personen vorgekocht hat, für eine Bundeswehrveranstaltung, die dann abgesagt wurde. Er streicht sich mit der Hand durch den langen Bart, der nicht da ist. Das Zeichen für ein gutes Geschäft. Er konnte das Essen zweimal verkaufen.

Einmal hat er Max Streibl, den Bayerischen Ministerpräsidenten getroffen, bei einer CSU-Veranstaltung im Saal. Was sie geredet hätten, frage ich ihn. »Nichts Besonderes«, sagt mein Vater und wirft Granatapfelschalen ins Gebüsch. Wir sitzen im Schatten des Orangenbaums, mit gespreizten Beinen, vornübergebeugt, rote Kerne vor uns auf dem Boden.

Als wir mit ihm, seiner Frau und zwei Freundinnen, die mich in Kroatien besuchten, essen waren. Wir saßen bei Poseidon, einem Lokal direkt am Strand. Mein Vater trug ein T-Shirt, das ihm meine Schwester geschenkt hatte: »Ich schreie nicht, ich bin Kroate, wir reden so.«

*

»For the many – and for the few.« (mercedes-benz.com)

Ein Werbevideo von Mercedes-Benz zeigt einen verwilderten Mann mit Bart und langen Haaren, der in einer Holzhütte im Wald lebt, bis er einen neuen Mercedes vorbeifahren sieht. Er rasiert sich, zieht sich einen Anzug an und setzt sich hinter das Steuer.

»Seine Herkunft ist ihm ins Gesicht geschrieben. Die Frontpartie der C-Klasse [...] mit dem Stern auf der Motorhaube: unverkennbar ein Mercedes-Benz.« (Broschüre von Mercedes-Benz)

Im Februar 2017 wurde der auf einem Hochhaus in Bonn installierte (und nachts hell leuchtende) Mercedes-Stern nach 45 Jahren abmontiert und einem Mercedes-Museum übergeben. Der Satz eines Beteiligten: »Er ist Teil unserer Markenhistorie und zugleich ein wichtiger Zeitzeuge der ›Bonner Bundesrepublik‹. Künftig kann ihn jeder erstmals besuchen und fast auf Augenhöhe bestaunen.«

Der Mercedes meines Vaters fiel einmal durch den TÜV, weil der Stern abgebrochen war: »Verletzungsgefahr«. Ich stelle mir vor, wie mein Vater mit seinem deutschen Auto und seiner gelernten deutschen Sprache vor dem TÜV-Angestellten steht, der ihm sagt, er könne das Zertifikat ohne den Stern nicht erhalten. Wie ihm mitgeteilt wird, sich »umgehend um die Behebung der Mängel zu kümmern«.

Lange bin ich davon ausgegangen, dass der Mercedes meines Vaters von Aufstieg, Ankommen und Erfolg erzählt. Vielleicht ist dem nicht so, vielleicht ist der Stern keine Trophäe. Vielleicht wollten Menschen wie mein Vater einen Mercedes fahren, weil sie ihn fahren konnten, ihn fahren durften, weil ihnen auf deutschen Straßen, anders als in anderen Bereichen, der Platz dafür gegeben wurde. Der Stern auf der Haube, umgeben von einem silbernen Lorbeerkranz, ein Symbol der Verweigerung anderer Anerkennungen.

»Für mich war es normal, dass nationale Themen eine Rolle gespielt haben, dass ich mir als Ausländer mehr gefallen lassen musste«, sagt mein Vater. »Aber die Mehrheit war immer korrekt zu mir!« Er sagt es so, als läge darin etwas Beruhigendes. Sogar im Gespräch darüber, dass Deutsche unkorrekt waren, möchte mein Vater nicht unkorrekt sein.

»Ihre Mercedes sind für die Imoćani [die Ortsansässigen von Imotski] viel mehr als nur ein Auto. Sie zeigen damit ihre tiefe Verbundenheit zu Deutschland [...].« (Bayerischer Rundfunk)

Anfangs habe ich mich noch über das seltsame Kunstwerk in Kroatien lustig gemacht. Jetzt denke ich, es wäre eine gute Idee: ein Mercedes aus Stein, mit dem man festsitzt und nirgendwo hinkommt.

Der größere Betrug besteht vielleicht nicht darin, nicht ankommen zu können. Sondern darin, dass alle einem ständig sagen, dass man es schaffen kann. Obwohl sie nicht nur wissen, dass es nicht so ist. Sie wollen auch, dass es nicht so ist.

Die letzte Fahrt meines Vaters von Kroatien nach Deutschland (um zum Augenarzt zu gehen und den Mercedes zu einem deutschen Mechaniker zu bringen): Auf dem Weg halten mein Vater und ich an, um Mandarinen zu kaufen, zwei große Säcke. An einem der Holzstände an der Straße, die Nüsse, Früchte und Schnaps verkaufen. Am Grenzübergang zwischen Österreich und Slowenien fahren wir auf einen Parkplatz, verfahren uns, landen beinahe im Gegenverkehr. Das gelbe, bedrohliche Warnschild: »Stop Falsch«. Sechs Uhr morgens, wir sind beide übermüdet. Wir irren eine Weile im Niemandsland umher, finden den Weg nicht.

Ich fahre mit dem Fahrrad durch die Provinz, werde das Bild nicht mehr los: Windräder, sich drehende Mercedes-Sterne ohne Kreis. Meine Erinnerung daran, wie ich als Jugendlicher die Sterne von den Autos abgerissen habe.

Am Abend in einem Wirtshaus auf dem Land: Ich sitze als Einziger am Tresen, bestelle das Übliche. Vielleicht bin ich schon Stammgast, denke ich. Wobei, ob man Stammgast ist oder nicht, entscheidet der Wirt. Erst wenn ohne Bestellung serviert wird, gehört man dazu. So kann man fünf Jahre in denselben Laden gehen, und der Wirt fragt immer noch: »Was darf's sein?« Zum Beispiel wenn er jemanden nicht mag. Mir gefällt die Vorstellung, dass mein Vater es so gemacht haben könnte.

Das nächtliche, zerfaserte Gespräch mit einem Bekannten, in dem ich versuche, meine wirren Gedanken zum Ausdruck zu bringen. Ich trinke Wein, zu viel Wein, dann Schnaps. Manche kämen nicht wirklich von der Stelle, sage ich, deshalb bliebe nur der Traum vom Auto, darin äußere sich der unerfüllte Wunsch nach Zugehörigkeit. Im Auto zeige sich, nicht für alle, für manche, for the few, auch ein Nicht-Ankommen, sozusagen die Negation des Autofahrgefühls usw. Ich bin aufgedreht, manisch, rede im Rausch auf ihn ein. Am Ende sage ich sogar mehrfach »Auto-Fiktion«, mit Anführungsstrichen in der Luft.

»Die Kette spiegelt in der Frontscheibe / Viele warten auf 'ne Chance, es kommt keine / Nehm mir einfach, was mir niemand geben wollte / Deshalb fahr ich Mercedes heute«, heißt es in dem Stück *Mercedesstern* von Fler, veröffentlicht 2016.

Heute sehe ich mich selbst, wie ich die Böschung hinunterklettere, zu den Autowracks, um passende Teile zu finden.

*

Mein Vater spricht manchmal Autofahrer an, wenn sie beim Warten vor dem Supermarkt das Auto anlassen. Oder wenn sie falsch parken, quer und vor dem Eingang, statt in den markierten Linien.

An der Wand in seinem Grillhäuschen hängt eine bayerische Uhr. Sie läuft gegen den Uhrzeigersinn. Rauten in Blau-Weiß, neben dem rot-weißen Karomuster von Kroatien.

Nachdem mein Vater ein Kapitel meines Textes gelesen hat, schlägt er vor, einen Ausflug zu machen (er hat die Stelle mit den »Ausflügen« in die Metro gelesen). Wir machen eine kleine Wanderung, zu einer Bergspitze, von der aus die Altstadt von Dubrovnik zu sehen ist. Zwischendurch stellen wir uns an den Rand der Straße, um vorbeifahrenden Autos Platz zu machen. Hitze und heller Staub, der sich auf die grünen Sträucher legt. Mein Vater, der stehen bleibt und den Autos nachblickt.

Danach fahren wir zu einem Restaurant, das direkt am Wasser liegt. Wir essen eine Kleinigkeit, trinken dazu »Bevanda«, Rotwein gemischt mit stillem Wasser.

Zwischendurch gehe ich zur Mole und springe ins Meer, um mich abzukühlen. Als ich aus dem Wasser komme, sehe ich, wie mein Vater auf der Terrasse sitzt, die Hände im Schoß, und zu mir herübersieht.

Auf der Küstenstraße, eine halbe Stunde Fahrt noch bis nach Hause. Die Sonne steht tief, hin und wieder muss mein Vater den Blendschutz nach unten klappen. Ich frage ihn nach seinen alten Autos. Er beginnt zu erzählen, welche Marken und Modelle er im Laufe seines Lebens besessen hat. Jahreszahlen, Verkäufer, Kauf- und Verkaufspreise. Er kann sich an jedes Modell genau erinnern. »Alle gebraucht gekauft!« Am Ende sind wir beim Mercedes angekommen, in dem wir gerade sitzen und den mein Vater seit 20 Jahren fährt.

Die Angewohnheit meines Vaters, die Kennzeichen der Fahrzeuge aus Deutschland zu vervollständigen, wie bei einem Spiel, »Garmisch-Partenkirchen«, »Kaufbeuren«, »Freising« oder »KS«, nachdenkend und wiederholend, »KS«, wenn ihm der Landkreis nicht mehr einfällt.

Im Hof der Literatur

Ich beginne meine Reise, es ist neun Uhr morgens. In der U-Bahn spricht mich ein Mann an, der leicht hin und her wankt. Langer Bart, gebogenes Baseballcap, schwarze Lederjacke. Ein erdiger Geruch geht von ihm aus. »Kennst du Daily Terror?« Ich denke nach, verneine. Zwei Stationen weiter steigt der Mann aus, um sich, wie er sagt, mit Freunden zu treffen, er habe morgen Geburtstag. Ich sehe seine Freunde durch das Fenster, sie sitzen am Gleis auf einer Bank. Seine Frage geht mir während der Reise nicht mehr aus dem Kopf.

Der Zug ist fast leer. Das Sonnenlicht flimmert von Bäumen unterbrochen wie ein Stroboskop. An einer Station sehe ich im Vorbeifahren ein Plakat von einer Dating-Plattform, ElitePartner, darauf steht: »Singles mit Niveau«.

Vor dem Hauptbahnhof stehe ich auf einem Platz, es geht ein kalter Wind, gegenüber ein Hotel mit getönten Scheiben, das geschlossen aussieht. Ich sehe einen Vater, der mit seinem Sohn spricht. Sie stehen 20 Meter voneinander entfernt. Beide ein Walkie-Talkie in der Hand, das sie sich abwechselnd an den Mund und ans Ohr halten.

Das Künstlerhaus liegt auf dem Land. Eine Stunde Busfahrt bis zur nächsten Stadt. Ich beziehe ein Zimmer im ersten Stock. Im »Hof der Literatur«. Ein Bett, ein Tisch, ein blauer Spind, eine Küchenzeile. Ich packe meine Taschen aus und räume alles in Fächer und Schubladen. Meine Bücher stelle ich auf den Tisch, die Schuhe ordentlich an die Wand. Nachdem ich fertig bin, fällt mir eine kleine Notiz an der Wand auf: »Der kleine Geist hält Ordnung, der große Geist überblickt das Chaos.«

Der kleine Geist spaziert durchs Dorf. Auf dem Spielplatz Mütter mit Kinderwagen. Eine Halfpipe, auf der kleine Kinder, bäuchlings und mit dem Kopf nach vorne, hinunterrutschen. Ein paar Jungs in Nike-Schuhen und Daunenjacken. Sie sind laut, schubsen sich gegenseitig, spucken aus. »Was is?« – »Ey, Alter!« – »Hör auf, du Penner!« Einem Mädchen nehmen sie den Roller weg und geben ihn lange nicht zurück. Dann legen sie sich auf die Tischtennisplatte und werden plötzlich ganz ruhig, als würden sie schlafen, mit beiden Händen am Smartphone.

Erstes Treffen mit den anderen, die ein Stipendium erhalten haben. Wir stehen im Kreis, mit Sektglas in der Hand, in der Ecke brennt ein Kaminfeuer. Ich trage einen Kaschmir-Pullover und schwarze Lederschuhe. Jeder soll sich vorstellen und etwas über sich erzählen. Ich denke mir Sätze aus, werde nervös, fange an zu schwitzen, kippe ein zweites Glas in mich hinein, höre nicht mehr richtig zu, bin auf das eigene, bevorstehende Sprechen konzentriert. Als ich an der Reihe bin, bekomme ich kein Wort heraus, als lägen kleine Sandsäcke auf meiner Zunge.

*

Ich kam als Letzter, setzte mich nach hinten an die Wand und ging als Erster, damit ich nicht in ein Gespräch verwickelt werden konnte. Wenn ich in einem Seminar etwas sagen wollte, dann überlegte ich lange, wendete die Sätze in mir hin und her, ging die möglichen Reaktionen der anderen im Kopf durch, schliff an den Formulierungen – bis es zu spät, die Diskussion längst woanders war. Die meiste Zeit saß ich da und sagte nichts.

Ich studierte Soziologie. Und im Nebenfach: sich richtig zu bewegen und richtig zu sprechen.

Um mich herum Studenten mit Hemd in der Hose, einem Schal als Krawatte, den Ordner wie eine Aktentasche unter dem Arm. Die Welt der Universität war mir in allem fremd. Sie war elegant, selbstsicher, eloquent. Alles, was ich nicht war.

Fachausdrücke oder Fremdwörter, die ich nicht kannte, die ich erst lernen musste. Ich legte Listen an, wie beim Vokabeltraining einer Fremdsprache. Subkutan, Philanthropie, Redundanz, Nivellierung, Anachronismus ... Direkt fragen, wenn ich etwas nicht wusste, war keine Option. Meine Lücken durften nicht offen zutage treten. Oft tat ich so, als würde ich wissen, worum es ging, wenn über ein Thema oder eine Person gesprochen wurde. »Lacan? Klar, kenne ich!«

Aber nach einer Weile gefielen mir das Studieren, die Texte und Theorien. Dinge und Zusammenhänge, die mir bis dahin selbstverständlich schienen, ließen sich hinterfragen. Das eigene Denken und Sein, die Welt, in der ich lebte, auch die eigene Familie. Sie und meine Entfernung zu ihr: ein soziologisches Phänomen. Es gab Modelle und Erklärungen für das, was uns ausmachte. Ich konnte nicht genug bekommen, las viele Bücher, saß in der Bibliothek, schrieb Hausarbeiten, wurde darin immer besser. Vorlesungen besuchte ich, weil ich mich dafür interessierte, nicht weil ich sie besuchen musste. Plötzlich war ich einer von denen, die anderen böse Blicken zuwarfen, wenn sie tuschelten, statt zu lauschen. Ich saß zwar immer noch ganz hinten, im Saal, in Seminaren, ohne etwas beizutragen, und sprach mit niemandem, aber ich hatte meinen Platz gefunden.

Bei meiner mündlichen Prüfung (im Fach »Subjekttheorien«, für das ich mich am meisten interessierte) wurde ich von einer Foucault-Brille aus dem Konzept gebracht. Der Kommilitone, der belesen und intelligent war, der gut reden konnte, der sich immer in der Nähe des Professors aufhielt, der mich verunsicherte mit seinem enormen Wissen, der mir (deshalb) von der ersten Sekunde an unsympathisch, aber zu allem Überfluss auch noch nett war, da saß er, in meiner mündlichen Prüfung! Rollkragenpullover, schwarze Hornbrille, Glatze. Nach der Bekanntgabe der für mich enttäuschenden Note sagte der Professor, ich sei heute wohl nicht ganz auf der Höhe gewesen.

Kurz nach dem Abschluss meiner Diplomarbeit saß ich im Büro meiner Betreuerin. Auf dem Sofa, vorne am Rand, so als müsste ich jeden Moment flüchten. Im Gutachten hatte sie meine Arbeit (Thema: »Neue Bürgerlichkeit«) in höchsten Tönen gelobt. Auf meine Frage, ob sie eine Möglichkeit einer Stelle am Lehrstuhl für mich sehen würde – das stille Arbeiten mit Texten machte wir wirklich Spaß –, reagierte sie überrascht. Zuerst sagte sie nichts, dann sagte sie: »Also, da kommen ja noch ganz andere!« Ich erinnere mich, dass ich sie damals nicht verstand, schließlich hatte ich die Bestnote, war begeistert vom Fach, wen meinte sie mit »ganz andere«? Ich hakte nach. Sie reagierte stutzig, beinahe gereizt. Und meinte dann, dass ich es versäumt hätte, mich in Seminaren zu beteiligen, beim Professor aufzufallen, er wisse gar nicht, wer ich sei.

Danach gab ich mir selbst die Schuld. Weil ich in Seminaren nie etwas gesagt, kein Wort herausbekommen hatte – heute weiß ich, warum meine Betreuerin so stark reagierte. Weil ich den Code, mit dem akademische Karrieren ausgehandelt werden, unbewusst angegriffen und damit sichtbar gemacht hatte. Sie sprach von Netzwerken. Damals wusste ich nicht, dass es diese an Unis überhaupt gab. Ich dachte, es würde um die Qualität der Arbeit gehen. Mir war zwar aufgefallen, dass sich Leute neben den Professor setzten, das Gespräch suchten, aber ich dachte, es könne jeder sofort sehen, dass sie sich nur einschleimten.

Ich war einfach nicht dafür gemacht, lautete mein Urteil. Ich konnte mich frei entscheiden, studieren, was ich wollte, niemand redete mir rein, also hatte ich im Grunde alle Chancen, dachte ich – ohne zu wissen, dass die Person, die mir am ehesten den Zugang verweigern, mich aussieben und hinauswerfen konnte, ich selbst war.

*

Morgens öffne ich die Vorhänge, blicke über den Hof der Literatur.

Der holländische Stipendiat arbeitet im Garten. Er nennt sein Projekt »Gardening«. Mein Gedanke, dass ich »Serving« zu meinem Projekt machen könnte. Ich würde den anderen, die hier wohnen, jeden Tag Kaffee und Cola in ihre Ateliers bringen, mit Eiswürfeln und einer frischen Scheibe Zitrone.

Ein Mann telefoniert oder spricht mit sich selbst, geht um die Häuser, den Blick auf den Boden geheftet, den Kopf abgewinkelt wie ein abgebrochenes Streichholz. Er öffnet jede Mülltonne und guckt hinein, findet eine Pfandflasche, telefoniert weiter.

Ich habe mich von da, wo ich herkomme, entfernt. Und doch bleibe ich da, wo ich jetzt bin, ein Fremder. Obwohl ich schon lange hier bin, erkenne ich manchmal nichts wieder. Als wäre ich in diesen Räumen nur ein Gast, der das Leben derer, die schon immer hier wohnen, bald wieder verlassen muss.

*

Mein Vater, der nie richtig zuhörte und immer nur fluchte, auf Jugoslawisch. Wenn ich einmal im Monat mit ihm telefonierte, dann waren es kurze, zähe Gespräche, als würde es immer noch viel Geld kosten, ins Ausland zu telefonieren. »Wie geht's?« – »Gut.« – »Was gibt's Neues?« – »Nicht viel.«

Meine Schwester, die mir ein Buch von Ilija Trojanow schenkte, mit den Worten: »Guck, der heißt so wie du!« Wie sie mich fragte, ob ich Brad Pitt gesehen hätte, als ich ihr vom Besuch eines Filmfestivals erzählte. Bei einem Familienstreit sagte sie zu mir: »Ja, ist schon recht, der Soziologe wieder!«

Die Angewohnheit meiner Mutter, Wörter falsch auszusprechen: »Tuti-Free-Shop«, »Vellness«.

Der Kommentar, den alle Kinder, die mehr wissen und ihren Eltern dadurch unheimlich werden müssen, sehr gut kennen: »Du hältst dich wohl für sehr schlau«, oder: »Wenn du schon so schlau bist«, oder: »Du bist doch hier der Schlaue.«

Oder als wir bei Alfredo saßen. Meine Mutter aß ihre Pizza, wie immer, vom Rand her zur Mitte. Sie schnitt ein Stück ab und drehte den Teller wie ein Lenkrad. »Kennst du ihn noch?«, sagte meine Mutter zum Kellner. Der sah mich an, lächelte, tat so oder erinnerte sich wirklich. Ob ich später gut verdienen würde, fragte meine Mutter. »Ja, schon«, antwortete ich. »Was studierst noch mal? Sozial? Sozius?« – »Soziologie.« – »Ich kann es mir einfach nicht merken.« – »Ach, macht doch nix.« – »Läuft es gut?« – »Ja, schon.« Da war ich kurz vor dem Abschluss. Höflichkeitsfragen und Höflichkeitsantworten, wie zwei Fremde im Zug.

Wenn ich etwas mehr erzählte, von der Uni, von meinem Leben, von der Stadt, dann spürte ich oft diese Leere, in die meine Worte hineinfielen.

Die Bücher, die sie mir zum Geburtstag schenkte (ein Kochbuch, ein Kalender oder ein Witzebuch), warf ich direkt vor Abfahrt in die Papiertonne. Ich wollte sie nicht mit in mein anderes Leben nehmen.

Wir sprachen nicht mehr die gleiche Sprache.

Damals wollte ich alles sein, nur nicht so wie meine Familie.

*

Heute weiß ich, dass die Beklemmung von damals nichts mit uns zu tun hatte, mit unseren Persönlichkeiten oder Eigenschaften, sondern mit der Entfernung, die zwischen uns entstanden war.

Ich wollte nicht so sein wie sie, ohne zu bemerken, dass ich damit auch einen Teil meines eigenen Selbst verleugnete.

Der Soziologe Basil Bernstein hat in den 1950ern einen Sprachunterschied zwischen den Schichten ausgemacht. Er sprach von einem »restringierten Code« (bildungsferne Schicht) gegenüber dem »elaborierten Code« (gebildete Schicht). Syntax, Wortschatz, der Gebrauch von Nebensätzen und Komplexität der Sprache seien bei Menschen aus der bildungsfernen Schicht weniger ausgeprägt. Seine »Defizit-Hypothese« wurde danach kritisiert, sie scheint mir aber bis heute Anhänger zu finden.

»Du solltest unbedingt Vulgärsprache im Berufsleben vermeiden, den Fachjargon deiner Branche kennen und deine Rhetorik verbessern. Letzteres hat nämlich einen großen Einfluss auf dein Image, welches wiederum über Erfolg oder Misserfolg im Job entscheiden kann. Hierfür kann es bereits ausreichend sein, einige der 13 folgenden Wörter in deinen alltäglichen Sprachgebrauch zu integrieren [...]: Achtsamkeit, Adaption, Ambition, Authentizität, Defizit, Differenz, Eigeninitiative, Funktionalität, Hierarchie, Implizieren, Initiieren, Innovation, Stimulus.« (arbeits-abc.de)

»Je eloquenter, also wortgewandter, du dich ausdrückst, desto mehr Chancen hast du, intelligenter zu wirken.« (Karriereguru auf YouTube)

»Mit einem guten Wortschatz und einem anständigen Satzbau hinterlasst ihr auf jeden Fall einen positiven Eindruck.« (musstewissenDeutsch auf YouTube)

Wer sich einfach ausdrückt, muss ein einfacher Geist sein.

Der Sprachwissenschaftler William Labov unterscheidet »Wandel von unten«, wenn sich eine Gruppe an eine prestigeträchtigere Sprache annähert, von »Wandel von oben«, wenn die dominante Gruppe den Abstand zur schwächeren Gruppe mit neuen Sprachformen wieder sichern möchte.

Ich habe den Eindruck, dass beide Bewegungen parallel in mir stattfinden.

Wenn jemand »Stimulus« sagt, dann denkt ein Teil in mir: »Tu nicht so gescheit!« Auch und noch mehr, wenn ich es selbst sage. Ein gegen meinen Willen auftauchender anti-intellektueller Reflex, der in tiefer Bewunderung wurzelt.

Angenehmes, elaboriertes Gespräch mit dem Hausmeister. Er sagt, das Rohr im Boden – er macht eine Geste, von wo nach wo es genau verläuft – sei verstopft. Vom angrenzenden Spielplatz würde Sand unter das Gebäude gespült. Ich sage, der Hof der Literatur sei also auf Sand gebaut. Er entgegnet lachend, alles hier sei auf Sand gebaut, er macht eine weite Geste mit dem Arm. Auf seiner Mütze steht »Uncle Sam«, auf seiner Arbeitsjacke »Pro«.

Mir fällt meine eigene Zeit als Hausmeister ein, in einer Kinderklinik, dreizehn Monate Garten- und Laubarbeit. Funktionsjacke, Arbeitsschuhe mit Stahlkappen, Arbeitshose, Handschuhe – alles in Grün oder Grau. Wasserabweisende Schichten, eingenähte Reflektoren, ausgelagerte Taschen mit Klettverschluss. Am Morgen keine Gedanken mehr daran, was ich anziehen sollte. Mein Vorgesetzter, der in einem unverständlichen schwäbischen Dialekt sprach, wenn er überhaupt redete, und zu mir und zu den anderen Zivildienstleistenden sagte: »Das lernt man wohl nicht auf dem Gymnasium, was!« Mein Seitenwechsel, der mir zum ersten Mal bewusst wurde.

Nach dem Zivildienst begann ich ein Architektur-Studium. Ich weiß nicht mehr, wie es dazu kam, kann es mir heute selbst nicht mehr erklären. Häuser zeichnen und bauen, das war wohl eine schöne Vorstellung. (Als Kind zeichnete ich gerne Ritterburgen und verwendete sehr viel Energie auf die Details und Exaktheit der Türme und Fassaden. Vielleicht deswegen.) Meine Eltern fanden die Idee gut. Sie hatten auch nichts dagegen, als ich das Studium nach zwei Semestern abbrach. Sie betonten stets, dass ich das machen solle, was ich wolle, was mir Spaß mache. Sie selbst hatten nicht das Glück, über ihre Ausbildung zu entscheiden. Ich bin bis heute froh über diese mir zugestandenen Freiheiten. Aber ich erkenne darin auch einen Mangel. An Lenkung, Einwirkung und Verantwortung. Weil mein Vater und meine Mutter nichts über Bildung wussten.

Telefonat mit einer Freundin. Sie sagt, in meinem Fett-Text gehe es ja auch um die Angst vor dem Fettwerden. Das erinnere sie an Michel Serres' Philosophie der Gemenge und Gemische. Die Beschreibung der Oberfläche, der Körper, das Visuelle und das Haptische des Fetts. Der Geruch der Pommes ließe sich nicht davon trennen, die Sinneswahrnehmungen nicht einzeln erfassen. Auch wenn es in meinem Text nicht primär darum gehe, sagt sie, schwinge diese Ebene doch mit. Nach einem Essen riechen, das fett macht. Die Freundin verwendet Wörter wie »Sprachummantelung« oder »Einfältigkeitsattribute«.

Abends lese ich ein Buch und stoße an Barrieren. Sätze auf Französisch, die ich nicht verstehe, die nicht übersetzt sind, die offenbar nicht übersetzt werden müssen, weil alle infrage kommenden Lesenden sie ja verstehen.

Fremdwörter, die ich nicht beherrsche, die ich auch nach vielen Jahren nicht schreiben kann, die ich in das Google-Feld tippen muss. »Meinten Sie: Silhouette?«

Mir oder mich, den oder dem.

Mein rollendes R, das jedes Gespräch wie eine Stichsäge durchlöchert.

Mir fehlt ein natürliches Gefühl für die Sprache. Ich kann mich darin nicht richtig bewegen. Ich muss überlegen, mache einfache Fehler, verwechsle die Fälle, lande beim Sprechen in toten Satzenden, finde die richtigen Worte nicht.

Vor dem Fenster Geschrei. Die Jungen mit den Nike-Schuhen auf dem kleinen Platz, im Hof der Literatur. Sie zünden einen Stapel Werbeprospekte an. Er beginnt sofort zu brennen. Als sie mich entdecken, laufen sie weg. Das Bündel Papier brennt und raucht vor sich hin.

*

Wenn Stress in der Küche herrschte und mein Vater etwas aus dem Keller benötigte, sagte er: »Hol mal …«, verbunden mit einer Geste, wo es zu finden war. Oft fand ich es nicht und kam mit leeren Händen zurück, sodass sich mein Vater aufregte. Es kam vor, dass sich das zwei- oder dreimal wiederholte, ehe er selbst fluchend nach unten lief (»Idi u kurac!«). Meine Mutter, die mir einen Geldschein in die Hand drückte, wenn ich schnell etwas einkaufen gehen sollte: »Geh mal …«

Wenn ich bei Freunden zu Hause am Esstisch saß, dann wunderte ich mich immer über die weihnachtliche Stimmung, die dort jedes Mal herrschte. Karaffen, gedimmtes Licht, Sitzenbleiben nach dem Essen, freundliches Geplauder. Erst spät habe ich verstanden, dass ihre Höflichkeit und ihr Interesse nicht mir galten, sondern dass sie immer so redeten. Ein gemeinsames Mittag- oder Abendessen, bei dem man hätte miteinander sprechen können, gab es in der Wirtschaft nicht. Wenn Gäste da waren, war dafür keine Zeit. Jeder aß dann, wenn es gerade passte. Wir machten den Tisch schnell wieder frei, kauten den letzten Bissen auf dem Weg zur Spüle.

Wir haben nie viel geredet in unserer Familie. Es war kein Schweigen, eher ein Nicht-Sprechen. Es war nicht so, dass wir gerne mehr geredet hätten und uns zurückhalten mussten oder dass bestimmte Dinge nicht ausgesprochen werden durften. Wir störten uns nicht daran, wir kannten es nicht anders. Über die Dinge zu sprechen, über uns, unsere Gefühle, unseren Alltag, war nicht Teil unseres Lebens.

*

Ein falsches Wort genügt. Ich kann 20 Jahre lang mit Büchern, Notizen und Lederschuhen herumlaufen, ins Theater gehen etc., und muss dann nur einmal »Kohle«, »Alter« oder »bescheuert« sagen, und schon bin ich enttarnt.

Jemand, der mir jederzeit von hinten auf die Schulter tippen kann und flüstert: »Ich glaube, du bist hier falsch.«

Fehler, die ich häufig mache:

Tempuswechsel: Ich sah hin, um zu gucken, ob das Papier brennt.

Umgangssprache: Die Kids haben mich gesehen, dann hauten sie ab.

Nominativ statt Akkusativ: Ich geb ihnen mein Text.

Was ich schnell erlernte, schon als Kind, war die Sprache der Scham. Eine einfache Grammatik, drei Fälle: sich falsch ausdrücken, sich falsch kleiden, sich falsch verhalten.

Im Kopf bringe ich immer zwei Dinge zusammen: mein rollendes R und den knatternden Motor unseres roten Opel Kadett.

Wenn mich meine Mutter morgens zur Schule brachte, bestand ich darauf, dass sie mich früher absetzte, sodass ich durch den Hintereingang gehen konnte. Das Motorgeräusch, das ich unter tausend Modellen hätte heraushören können. Mein Erstarren, wenn das Auto irgendwo um die Ecke bog.

In meiner Vorstellung sehe ich mich mit einer Brille, an der vorne zwei kleine Autoreifen befestigt sind, Samstagabend in jener TV-Sendung sitzen. Verschiedene Autos werden vorgefahren, ich hebe an der richtigen Stelle, beim Opel meiner Mutter, die Hand. Applaus im Publikum, der Moderator gratuliert mir hinter tanzenden Buchstaben. Die Frau, die mit einer blonden Perücke meine Mutter imitiert hat, freut sich und klatscht.

Es ist seltsam. Immer wenn ich von Scham spreche, wird etwas von ihrer alten Wirkung in mir lebendig, stellt sie sich wieder ein und mich zurück in die Ecke. (Das kann sie am besten.) Ich schäme mich dann, von Scham zu sprechen. Weil ich Mitleid und Abneigung fürchte. Dabei geht es mir nicht darum, Gefühle hervorzurufen. Es geht mir um die Grenzen, die plötzlich spürbar werden. Die Scham ist wie das Aufwallen der Brandung, die entsteht, wenn ein soziales Milieu auf das andere trifft.

»Rede so, dass du nicht auffällst. Am besten rede gar nicht!«, eine kontinuierliche Maxime, die ich zu mir selbst sage, je nachdem, in welcher Situation ich gerade bin.

Verschiedenes kommt mir in den Sinn, Unscheinbares und Banales, und dennoch reicht es aus, um mich auch heute noch zurück an meinen Platz hinten in der letzten Reihe zu schicken.

Wenn jemand fragt, woher ich komme, »wegen dem rollenden R« (das es sowohl im Bayerischen wie auch im Kroatischen gibt).

Als der Freund, Sohn eines Professors, einen Text von mir liest und genervt aufzählt, welche Bilder seiner Meinung nach alle »falsch« seien.

Wenn am Telefon eine Zwei statt einer Drei verstanden wird, sobald ich eine Nummer durchgebe, weil ich peinlich genau darauf achte, das R nicht zu rollen. »Nein, nein, Dei!«

Die Bekannte aus bürgerlichem Hause, die sagt, sie

könne nicht verstehen, warum ich mich für mein rollendes R schämen würde, wieso man den eigenen Dialekt überhaupt verberge, der sei doch so schön.

Als ich »zur Toilette« gehen will, sagt die Freundin mit »von« im Nachnamen, dass in höheren Schichten das Wort »Klo« benutzt würde und nur Menschen aus den unteren Schichten »Toilette« sagen würden. Um ihre Herkunft zu verschleiern. Was dann immer sofort sichtbar wäre.

Rückkehr nach Reims. Der Freund, der sagt, man spreche es »Reims« aus, nicht »Rähs«. Meine Verlegenheit, jemanden zu fragen, wie es richtig ausgesprochen wird.

Als ich bei einer Agentur arbeite, einen Text schreibe und mein Chef mich nach »Tokio« (die Räume dort waren nach Städten benannt) beordert, wo er mir meine vielen, rot angestrichenen Fehler auf der großen Leinwand zeigt. Ein Gefühl, als würde ein Zahnarzt mit einer Kamera im Mund herumfahren und die fauligen Stellen an die Wand projizieren.

Als ich gefragt werde, warum ich über defizitäre Gefühle beim Sprechen schreiben wolle, da ich mich doch eigentlich immer ganz korrekt ausdrücken würde.

Die Freundin, die sagt, sie habe keine Fehler in meinem Text gefunden. Und ich denke nur: Glück gehabt.

Meine Herkunft offenbart sich nicht mehr so schnell, ich habe mein Sprechen angepasst. Etwas hat mir beigebracht, immer an mir und an meiner Sprache zu arbeiten. An meinen Wörtern, meinen Sätzen, meinem Ausdruck. Verkümmerungen wie fehlende Gliedmaßen, die ich mit Prothesen ausgestattet und deren Fluss und Bewegung ich in jahrelanger Arbeit trainiert habe, denen aber auch immer etwas Defektes anhaftet.

Auch mein Körper erzählt davon. Erst kürzlich sagte eine Kollegin zu mir: »Du bist immer so steif!«

Nachdem ich einer Freundin geschrieben habe, womit ich mich gerade befasse, antwortet sie per Mail: »Warum sollst du nicht jetzt mal davon profitieren, dass du mit weniger klarkommen musstest als andere?« Sofort knickt etwas in mir ein. Diese Vorstellung, davon zu profitieren, sie lässt sich nicht von der Hand weisen. Sie ist unangenehm und beschämend.

Treffen mit der Leiterin im Künstlerdorf, ein restringiertes Gespräch. Die eine Hälfte meiner Konzentration richtet sich aufs eigene Sprechen, die andere heftet sich an ihre Reaktion, wenn ich etwas gesagt habe, um Anflüge von Irritation nicht zu verpassen. Sie sagt, es gebe Probleme mit Jugendlichen in der Gegend. Sie würden »Scheiße bauen«. »Zum Beispiel?«, frage ich. »Feuer machen, kiffen, sprayen.«

In den nächsten Tagen halte ich Ausschau nach Graffiti, aber alle Wände in der Umgebung sind sauber, ich finde lediglich ein paar Wörter auf Stromkästen und an einer Bushaltestelle: »FCK NZS«, »THC«, »Love«.

Erinnerung an meinen ersten Job: Prospekte verteilen. Leicht verdientes Geld. Ich musste die Stapel nur auf mein Fahrrad packen und zum nächsten Papiercontainer bringen. Irgendwann war ich dafür zu faul und hortete die Bündel in unserer Garage. Mein Chef kam eines Tages, als ich gerade die neuen Pakete einlagern wollte, plötzlich angefahren, wie bei einem Polizeieinsatz, sprang aus dem Auto, bekam einen Wutanfall und sagte, ich sei »asozial«. Heute amüsiert mich die Vorstellung, dass er dort im Auto saß, in einiger Entfernung, und mich observierte.

Ich sitze an meinem Schreibtisch und zeichne Grundrisse unserer Wirtschaften. Ich will meine Erinnerung prüfen und mir eine bessere Vorstellung von den Räumen verschaffen. Vielleicht werde ich Modelle anfertigen, mir Karton, Kleber und Cutter besorgen, um alles originalgetreu nachzubauen. (Das hätte ich schon als Kind machen sollen. Wenn ich etwas von unten holen musste, dann hätte mein Vater nur auf die Stelle im Modell zeigen müssen.)

Zusammen mit dem holländischen Stipendiaten im Garten. Er arbeitet mit einer Tasse Tee und Zigarette in den Händen. Er lädt mich ein, mitzumachen, spricht von »physical labour«. Es klingt, so wie er es ausspricht, wie eine nicht zu versäumende Erfahrung. Wir schaufeln einen Berg Mist von einer Seite zur anderen. Mir fallen seine Schuhe auf, Arbeitsschuhe mit Stahlkappen, nur in bunten Farben. »500 Euro, von Acne. Ich komme aus einer Bauernfamilie. Solche Sachen waren früher wichtig, um dazuzugehören. Es ist eine Scham-Sache.« Das passiert mir oft. Wenn Menschen erfahren, worüber ich schreibe, beginnen sie, ganz von allein zu erzählen. Und ich spüre sofort ein Gefühl der Gemeinsamkeit und der Erleichterung.

Am Abend ein wohltuender Schwebezustand nach der körperlichen Anstrengung. Meine Handflächen brennen.

Durch das Fenster sehe ich zwei Jugendliche in Jogginghosen und mit Kapuze über dem Kopf. Einer von beiden hat eine Spraydose, ein Deo oder Haarspray, hält das Feuerzeug davor und erzeugt eine Stichflamme.

*

Einmal sollten wir in der Schule ein Buch lesen und vorstellen. Ich wählte *Friedhof der Kuscheltiere* von Stephen King, weil ich so nichts lesen, nur den Film anschauen und vor der Klasse nacherzählen musste. Ich hatte mehrere Monate Albträume davon.

In den meisten Fächern war ich nicht besonders gut, aber ich fiel auch nicht durch. Meinen Eltern waren meine Noten gleichgültig, solange ich keine Fünf oder Sechs bekam. Erst vor dem Abitur, in den letzten beiden Jahren, setzte etwas ein, was ich im Rückblick nicht mehr ganz nachvollziehen kann: Ich wollte eine gute Abschlussnote haben. Da ich gut in Chemie war, wählte ich dieses Fach als Leistungskurs. Meine Facharbeit schrieb ich über die synthetische Herstellung von Kunststoffen. Also eine ganz ähnliche Materie wie heute, könnte man sagen.

Im Deutschunterricht war ich ein zuverlässiger Schüler. Ich hatte immer eine Vier oder Fünf. Meine Grammatik war einfach zu schlecht. Lesen fand ich nicht nur anstrengend, sondern auch lächerlich. Bücher waren Zeitverschwendung. Es gab niemanden mit guten Noten oder Lehrerinnen und Lehrer, denen ich nacheiferte, die meine Vorbilder gewesen wären, mit denen ich mich identifiziert hätte. Diejenigen, die in der ersten Reihe saßen, sich ständig meldeten und mitmachten, waren für mich Streber und Brillenschlangen. Ich lehnte die Welt der Bücher und der Sprache und des Lesens ab, weil es nicht meine Welt war.

*

Den ganzen Tag über im Zimmer gelegen, keinen Satz geschrieben. Der Bücherstapel steht unangetastet und vorwurfsvoll auf dem Tisch. Meine immer stärker werdende Überzeugung, gar kein richtiger Autor zu sein, auf dem »Hof der Literatur« nichts verloren zu haben.

Literaturschaffende, die erzählen, sie hätten *schon immer geschrieben*. Als Kind, mit sieben Jahren, erste Gedichte, Kurzgeschichten. Ich dagegen habe *schon immer nicht geschrieben*.

Erst spät habe ich damit angefangen, mich getraut. Ich beneide diejenigen, die schon immer »wussten«, dass sie schreiben wollten. Ich ärgere mich aber auch über sie, über ihren Mythos vom Talent und von der natürlichen Begabung.

Die Stipendiatin, die neben mir wohnt, erzählt, sie würde Teile ihres Romans auf Twitter, Instagram, TikTok veröffentlichen. Sie sagt Sätze wie: »Ich spreche von Marketing«, und: »Ein gutes Buch ist wie ein gutes Sandwich.« Ich kann sie hören, nebenan, wenn sie im Zimmer trainiert, das Piepen des Intervalltrainings.

Nachts ein Spaziergang durchs Dorf. Sternenhimmel, kalte Luft, erloschene Fenster, nirgendwo Licht. Das Klirren von Metall gegen einen Fahnenmast. Ich sehe einen Turm am Straßenrand, mit einem roten Licht in der Tür. Ein kleines Fenster aus Milchglas in glutrot, als würde dahinter ein Ofenfeuer brennen.

Für eine Weile war ich Teil einer Literaturgruppe. Wir trafen uns alle paar Wochen, tranken Rotwein und sprachen über unsere Texte. Es herrschte eine freundliche und kollegiale Stimmung, aber trotzdem saß mir immer ein Knoten in der Kehle. Der feinsinnige Austausch, das distinguierte Gespräch, die kritischen Anmerkungen. Ich war gehemmt und fühlte mich unwohl. Nach dem Lesen eines Textes von mir fragte eine Teilnehmerin: »Das ist autobiografisch, oder?« Mit einem seltsamen Ton in der Stimme (»Was anderes kannst du wohl nicht?«).

*

Ich halte es für sinnvoll, einige der Absage-Mails, die ich bekommen habe, in meinen Text einzubauen. So mache ich mir die Rückseiten des Betriebs zunutze, verwandle sie in produktive Kräfte meines Schreibens:

»Wir haben schnell gelesen, sind von Ihrem Auftritt sehr angetan und mögen auch, wie Sie schreiben. Doch leider springt bei dem konkreten Romanprojekt der Begeisterungsfunke nicht über.«

»So kühn und ungewöhnlich Ihre Story klingt (und vermutlich ist), ich kann Ihnen im Moment leider keine Vertretung anbieten.«

»Haben Sie vielen Dank, leider bin ich anhand der Leseprobe nicht zu 100 % überzeugt. Das Thema ist super, aber vielleicht fehlt mir stilistisch und auch bezüglich der Figuren ein wenig die Originalität.«

»Der letzte Funke springt bei mir weder inhaltlich noch sprachlich über.«

Sie alle wollen mehr Funken in der Literatur.

Der Agent, der vor ein paar Jahren Interesse zeigt an einem meiner Texte. Wir sitzen in seinem Büro, tauschen uns aus, sprechen über Figuren und Motive. Am Ende erzähle ich davon, das Manuskript zwei Jahre zuvor schon an ein paar Verlage geschickt zu haben. Der Agent sieht mich stutzig an. Damit scheint sich alles zu ändern. Texte, die schon einmal im Umlauf gewesen seien, sagt er, würde die Agentur nicht vertreten. »Die sind für uns leider verbrannt.«

Wie Kafka die Orte benennt, an denen die Schriften zu finden sind, die verbrannt werden sollen: »im Bücherkasten, Wäscheschrank, Schreibtisch zuhause und im Bureau, oder wohin sonst irgendetwas vertragen worden sein sollte«. Zu Hause in meinem Industrieschrank, ganz unten.

Die Sonne fällt auf meinen Schreibtisch, blendet mich. Ich klappe meinen Rechner zu und gehe nach draußen. In Adidas-Hose, Sneakern und Kapuzenpulli. Der Mann, der immer nach Pfandflaschen sucht, sitzt zusammen mit ein paar Kindern an der Scheune, auf einem alten Baumstamm. Ich mache einen langen Spaziergang, gehe ein Stück auf der »Kunst-Route«, ein Wanderweg, der mit grünen Wegweisern ausgeschildert ist. Als ich nach einer Stunde zurückkehre, sitzen der Mann und die Kinder immer noch dort, am Rand des Grundstücks.

Ein Freund, der einen Text von mir liest, spricht von »Selbstentblößung«. Mein Versuch, es zu erklären. Es bin nicht ich, es ist die soziale Welt, die sich entblößt. Ich möchte nicht von mir sprechen, wenn ich »Ich« sage, ich möchte von einer geteilten Wirklichkeit sprechen. Von Dingen, die uns alle betreffen, die in jedem von uns wirksam sind, von Verflechtungen, die vereinfachend und missverständlich »sozial« genannt werden, die ich jedoch nur über meine eigenen Erfahrungen, über den Knoten meines Ichs, ausdrücken kann.

Meine Angst, als inkompetent entlarvt zu werden. Unsicherheiten tauchen auf, verbunden mit einer immer stärker werdenden Neigung zum Rückzug. Habe ich genug recherchiert? Weiß ich genug, um darüber schreiben zu können? Sind meine Beobachtungen etwas wert? Bin ich überhaupt richtig hier? Habe ich es verdient, hier zu sein? Habe ich das alles meinen eigenen Einfällen und Leistungen zu verdanken? Oder bin ich nur ein Betrüger? (Hochstapler-Syndrom.)

Konkrete Ausformung dieses Syndroms: Ich arbeite zwei Wochen an einem Text, für eine Abgabe, und unterhalte mich dann mit einer Freundin, die ebenfalls schreibt. Sie sagt: »Du hast den Text in nur zwei Wochen geschrieben?!« Ich habe sofort das Gefühl, nicht genug gearbeitet zu haben. Zwei Tage später erfahre ich von einer Bekannten, die ihren Text an nur einem Tag geschrieben hat. Wieder das gleiche Gefühl, nur andersherum, ich bin zu langsam, nicht gut genug.

Mein wiederkehrender Entschluss, mehr zu lesen, die Lücken zu schließen, den Rückstand aufzuholen. So wiederholt sich im Kleinen, was sich auch im Laufe meines gesamten Lebens vollzogen hat. Eine in mir wohnende Unsicherheit und Scham kann nur durch Aufholen und Lernen beseitigt werden. Aber nie ganz. Sie kann jederzeit wiederkommen und muss dann neu bearbeitet werden.

Windräder am Horizont, rot im Abendhimmel, glühende, senkrechte Striche. Vögel sitzen im Geäst vor meinem Fenster.

Nächtliche Gestalten, Geruch nach Rauch, ein Glühen in der Finsternis. Ich sehe die Jugendlichen, die Papier und Material anhäufen, im Hof der Literatur, und es verbrennen. Ich, in Adidas-Hosen und einer Daunenjacke, stehe selbst da unten und werfe alle Seiten ins Feuer.

I want to write texts, but I want to burn them even more.

*

Meine Mutter sprach mehrere Sprachen. Mit den Trachtlern, den älteren Damen vom Bridge-Club, den Leuten vom Verkehrsamt, Sparkassenangestellten, Touristengruppen, Leuten vom Kandinsky-Haus. Alle unterhielten sich gerne mit ihr, weil sie sich auf jeden gut einstellen konnte. Sie redete viel, hatte immer einen Spruch parat, machte Scherze, setzte sich kurz dazu. Viele kamen nur wegen meiner Mutter in unsere Wirtschaft. Selbst wenn sie die Sprache nicht beherrschte, kein Jugoslawisch, Türkisch oder Fachmännisch sprach, schaffte sie es immer, sich zu verständigen (»mit Händen und Füßen«).

Wir kannten viele Dinge, für die andere keinen Begriff hatten. Annoncieren, Bouillon, Kanapees. Schöne, fremd klingende Wörter wie aus einem anderen Land. Dass sie tatsächlich daher kamen, ahnte ich damals nicht. Ein Baum war ein Baum, eine Blume eine Blume, aber ich konnte ein Nackensteak von einem Rumpsteak von einem Rinderfilet unterscheiden. Die Arten und Spezies der Gastronomie waren meine Botanik.

Meine Schwester und ich waren immer freundlich und höflich zu den Gästen, sagten: »Guten Tag«, und: »Auf Wiedersehen«, und: »Bitteschön«, wenn wir etwas servierten. Wir verhielten uns ruhig, waren nie zu laut. Wir lächelten, auch wenn wir schlechte Laune hatten. Wir störten die Gäste nicht, wenn sie sich gerade unterhielten. Wir hörten zu, statt zu reden.

*

Vielleicht hätte ich es ohne diese Ausbildung in der Wirtschaft niemals geschafft, in den Seminaren, an der Universität, vielleicht wäre ich ohne die Wirtschaft niemals Autor geworden?

»Ist vieles an Literatur erst durch das Wirtshaus entstanden?« *(Studien zum Wirtshaus in der deutschen Literatur)*

Im *Bericht für eine Akademie* von Kafka: »Ich soll, wie man mir später sagte, ungewöhnlich wenig Lärm gemacht haben, woraus man schloß, daß ich entweder bald eingehen müsse oder daß ich, falls es mir gelingt, die erste kritische Zeit zu überleben, sehr dressurfähig sein werde.«

In einem Zeitungsartikel: »Natürlich habe ich auch gekellnert. Da habe ich viel gelernt, auch fürs Schreiben.« (Mithu Sanyal) Die Schriftstellerin meint es anders, aber ich könnte das Gleiche sagen.

»Wärst du so lieb und würdest zum Einkaufen gehen, wir benötigen einen Laib frisches Brot, und würdest du dich ein bisschen beeilen, du siehst ja, wie es heute hier zugeht, das wäre sehr nett von dir!« Das wäre die falsche Sprache gewesen, niemand von uns hätte sie verstanden.

Am Abend gehe ich ins Wirtshaus. Der ältere Mann, der mir das Radler bringt, zieht das Bein nach. Ich bestelle eine Portion Pommes. Die Tür zur Küche steht offen.

Ich kann nichts sehen, aber hören, wie der Mann die Pommes in das Sieb wirft. Das funkelnde Brutzeln, wenn Wassertropfen auf heißes Fett treffen. Ein Hund mit grauem Bart hat sich auf die Sitzbank gelegt und schläft. Der Wirt erklärt mir, dass es das Blockfett, von dem ich erzähle, längst nicht mehr gebe. Heute werde ausschließlich mit Flüssigölen frittiert. Mir fällt auf, wie ich meine Gestik zurückfahre, meine Wortwahl anpasse, »Verstehe« und »Interessant!« vorübergehend streiche, stattdessen »Jaja« und »So isses!« sage.

Es kann bereits ausreichend sein, einige der 13 folgenden Wörter in deinen alltäglichen Sprachgebrauch zu integrieren: So isses, malochen, Kohle, bescheuert, Moin, Kumpel, Alter, ey, Penner, jaja, Fatzke, Scheiße bauen, kiffen.

Eine Lesung im Hof der Literatur. Ein Raum, in dem früher Pferde untergebracht waren, mit Steinboden und Holzbalken. Ich trage ein Lacoste-T-Shirt, erhoffe mir davon eine Art Bruch mit dem Text, mit meiner Person, allerdings nimmt niemand Notiz davon. Ich lese den Fett-Text, danach beantworte ich Fragen. Die Mitstipendiatin (Sandwich) sagt: »Ich habe jetzt schon öfter mit dir gesprochen, und ich wohne neben dir, aber ich habe bis jetzt gar nichts gerochen.«

Der Satz überrascht mich, aber er berührt mich nicht, er gleitet völlig an mir ab. Offenbar mache ich therapeutische Fortschritte.

Einen Augenblick später betritt der Flaschensammler den Saal, er stellt sich vor das Publikum, ruft durch den Raum, auf der Suche nach jemandem, der ihm die Pfandflaschen abkauft. Als hätte ich ihn für eine Performance engagiert.

Schreiben ist keine Therapie, eher palliativ, eine bestmögliche Anpassung an die gegebenen Verhältnisse, ohne auf die zugrunde liegenden Ursachen selbst einzuwirken.

Es fällt mir leichter, damit umzugehen, darüber zu sprechen, seitdem ich darüber schreibe.

Etwas, was immer gegen mich gearbeitet hat, arbeitet jetzt für mich.

Nachts, am Abend vor meiner Abreise, ich werde den Hof der Literatur morgen wieder verlassen, spaziere ich ein letztes Mal durch das Dorf, von Wirtschaft zu Wirtschaft, und sehe durch die hell erleuchteten Fenster.

Restaurant Dubrovnik

»For Lovers«, steht auf einem Pfeiler einer Autobahnbrücke auf dem Weg zum Kroaten.

Mit dem Fahrrad bis an den Rand der Stadt, über den S-Bahn-Ring hinaus, die breite Allee entlang, vorbei am Hotel mit dem blauen Schriftzug und an der Agentur für Arbeit, bis zur Sonnenallee 321. Vor dem »Restaurant Dalmatino« (»Kroatische und internationale Spezialitäten«) laufe ich nach links und nach rechts, mache Fotos wie ein Privatdetektiv.

Das Lokal ist gut besucht. Mir bleibt nur ein Tisch in der Ecke, von dem aus ich das Geschehen im Raum kaum beobachten kann, als wüsste jemand von meinem inneren Auftrag. Was ich mitbekomme: Eine Gruppe von älteren Gästen spricht über die Auflagen bei Erdbestattungen, über künstliche Hüften, die nach der Verbrennung aussortiert würden (»zur Wiederverwendung«). Mir gegenüber sitzt ein Mann mit blauem Pullunder, der etwas notiert, vor ihm ein Bier und ein Schnaps. Immer wenn er etwas unterstreicht, nimmt er einen kleinen Schluck.

»Einen Julischka?«, werde ich am Ende gefragt. Ich verneine.

Die Weinflaschen bei meinem Vater, in denen unterschiedliche Schnapssorten und Liköre lagern. Einmal wissen wir nicht, ob es sich bei einigen Flaschen um Sirup oder Likör handelt, und probieren so lange, bis wir betrunken sind.

Es gibt ein Foto von mir, wie ich auf dem Schoß eines Mannes sitze, mit dicken Backen und roter Strickjacke, und mit beiden Händen einen Bierkrug halte und daraus trinke. Früher wurde gern erzählt, dass ich als Kind mit Vorliebe Bier getrunken hätte.

Hin und wieder, zu besonderen Anlässen oder wenn die Stammgäste nicht lockerließen, tranken meine Eltern ein Glas Wein oder einen Schnaps. Mein Vater trank, wenn es in der Küche stressig war, eine große Weinschorle gegen den Durst. Aus einem 0,5-Helles-Glas, stark verdünnt, vier Fünftel Wasser und ein Fünftel Wein. Wenn ich ihm eine Schorle in die Küche bringen sollte, dann zeigte er die Weinhöhe mit Daumen und Zeigefinger an: »Nicht mehr als so.«

Meine Eltern rauchten nicht, sie tranken (fast) keinen Alkohol, sie hatten keine Laster, anders als es das Klischee von Gastwirten will. Aber sie aßen gern.

*

Als Kind konnte ich immer essen, was ich wollte. Pommes, Schnitzel, Bratkartoffeln, Würstchen, Spätzle, Kroketten, Spaghetti etc. Nach dem Mittagessen ging ich nach unten in den Keller, um fernzusehen. Wenn ich Lust auf etwas Süßes hatte, dann nahm ich mir Kuchen, Eis oder etwas aus der Kühlung (Milchreis, Pudding,

Kondensmilch …). Wollte ich etwas snacken, dann holte ich ein Paar Wiener aus der Fleischkühlung, dazu zwei Portionspackungen mit Ketchup. Manchmal aß ich einfach eine Ketchup-Packung, ohne alles, quetschte den Inhalt des kleinen Beutels in meinen Mund.

Meine Mutter aß gern Suppen und Fleisch, am liebsten in Kombination. Sie stand nicht gern in der Küche, hatte nichts übrig für ausgefeilte Gerichte und aß immer etwas von der Tageskarte. Wenn mein Vater etwas gekocht hatte, dann kam sie, probierte und gab ihr Urteil ab. Alle paar Wochen versuchte sie eine Diät aus einer ihrer Zeitschriften, *Neue Revue* oder *Bild der Frau*: die Pumpernickel-Diät, die Zucchini-Diät, die Gurken-Diät usw. Für einige Zeit stand ein Hometrainer bei uns im Wohnzimmer. Brausetabletten aus dem Drogeriemarkt lagen im Bad, Vitamin C, Multivitamin.

Wenn in der Küche ein paar Pommes übrig waren, dann aßen wir diese mit Krautsalat, zwischendurch und im Stehen, aus einer kleinen Schüssel. Wenn auf den abgeräumten Tellern Ćevapčići zu holen waren, dann schnappte ich mir ein Hackfleisch-Röllchen auf dem Weg nach unten.

Mein Vater liebte Kuchen oder Apfelstrudel, doppelte Portionen, mit Sahne (aus der Sahnemaschine) und Walnuss-Eis (Mövenpick). Er werde sich niemals verzeihen, nicht aufgepasst zu haben, sagt mein Vater, damals mit dem Apfelstrudel. Heute bekomme er die Kilos nicht mehr runter. Er hat Gicht und kann sich an manchen Tagen kaum bewegen. Er sagt, es sei tragisch, dass er als Kind nichts zu essen hatte (»Brot in Milch mit Zucker, einmal im Monat, das war unser Kuchen, das war für uns das Größte«) und jetzt, da er alles haben könne, nichts mehr essen dürfe. Er führt eine strenge Diät, isst nur Gemüse, Obst und Salate. Trotzdem nimmt er nicht ab. Ich frage mich, ob er sich wirklich an seine Regeln hält.

»Heimlich schmeckt's am besten«, sagte er einmal zu mir.

*

Meine Schwester, meine Mutter, mein Vater und ich.

Alle hatten oder haben etliche Kilos zu viel.

Reste an Pommes in der Küche, lauwarm, in einer Aluminiumschale.

Kartoffelknödel und Champignon-Rahmsauce, vorgekocht und warm gehalten im Bemery.

Verschiedene Torten und Streuselkuchen auf einer sich drehenden Auslage.

Man drückt auf einen Knopf, und es kommt frische Sahne.

Wie soll man da nicht dick werden?

Wir sagten immer »Bemery« zu dem Wasserbad, in dem die Behälter aus Edelstahl standen. Erst jetzt, nachdem ich den Begriff ins Suchfenster eingegeben habe, stellt sich heraus, dass es »Bain-Marie« heißt.

Ich liebte unser Essen als Kind, denn das war das Einzige, worum ich von anderen beneidet wurde.

»Du kannst immer Pommes essen?«

»Klaro, ich muss nur auf diesen kleinen Knopf drücken.«

»Pommespanzer, der: korpulente Person, Beispiel: Der ist vielleicht ein Pommespanzer.« (Wörterbuch der Jugendsprache 2002)

Ich wurde nie gemobbt, als ich noch mehr Kilos auf der Hüfte hatte. Soviel ich mitbekommen habe, meine Eltern oder meine Schwester auch nicht. Das heißt aber nicht, dass sie sich wohlfühlten. Vielleicht dachten die meisten, ich selbst ja auch bis hierhin, eine dicke Familie, das ist ja normal, das gehört zu einer Schnitzel-Wirtschaft dazu.

Mein schönstes Silvester: Als ich einmal als Jugendlicher mit einem Freund allein zu Hause bin, wir spielen die ganze Nacht PlayStation und frittieren Pommes, ein Körbchen nach dem anderen. (Schöne Weihnachten: mehrere Sorten Fleisch, die aufgespießt und in siedend heißes Fett gehalten wurden. Dazu Weißbrot und Schüsseln mit Chips, weil man sonst verhungerte. Knoblauchsauce, Schaschliksauce und Currysauce von Knorr, auf Fondue-Tellern, mit kleinen Abteilungen am Rand.)

In einem Buch, das 2022 erschien, erzählt die Autorin über ihre dicke Mutter. Ich fürchte mich davor, es zu lesen, zu vieles wiederzuerkennen.

Ich lese dafür ein anderes. Der Titel erscheint mir vielversprechend: *Der Mensch aus dem Restaurant*. Im zaristischen Russland, so lerne ich, war die Bezeichnung *tschelowék*, »Mensch«, im Sinne von »Kellner, Ober« gebräuchlich. Ein Satz des Ich-Erzählers: »Ich bin nicht irgendwer, sondern Kellner in einem erstklassigen Restaurant!« Schnell bemerke ich, dass das Buch, das mir entspräche, anders heißen müsste: *Der Mensch aus der Wirtschaft.*

Als ich zum ersten Mal alleine wohnte, nahm ich in einem Jahr zehn Kilo ab. Ohne dass ich es mir vorgenommen hätte. Einfach nur, weil ich nicht mehr zu jeder Zeit an den vollen Kühlschrank oder an die Eistruhe gehen konnte.

Seither achte ich auf mein Gewicht, gehe schwimmen, fahre mit dem Fahrrad zur Arbeit, esse Gurkensalat statt Pasta etc. Bei jedem Essen, das fett macht, habe ich anschließend ein schlechtes Gewissen.

»Ein Kilo pro Tag abnehmen! So funktioniert die Gurken-Blitz-Diät« (bildderfrau.de)

Meine Schwester nimmt mal zu, mal ab, immer im Wechsel. Eigentlich ist sie immer unzufrieden mit ihrem Gewicht. »Wenn es mir schlecht geht, dann esse ich«, sagt sie. Vor einigen Jahren war sie in einer Klinik, um ihre Essstörung zu behandeln. Die Klinik lag in dem Ort Prien, direkt am Chiemsee. Ich besuchte sie einmal dort. Wir machten einen Spaziergang, und sie erzählte mir, was sie in der Klinik zu essen bekam (und was nicht).

Wieder zeigt sich eine Scheu beim Aufschreiben. Etwas von der Bloßstellung wiederholt sich. So als würden die Worte, die doch angetreten sind, die Beschämung zu beenden, alles wieder hervorholen und vor aller Augen ausbreiten.

Wie mache ich meinem Vater und meiner Schwester klar, dass es in diesem Text, auch wenn der Eindruck täuschen mag, nicht um sie geht, nicht um ihre Person, nicht um unsere Familie, nicht um individuelle Verantwortung oder Scham?

Wenn in Büchern von Pizza, Toast, Ravioli, Fritten, Bier usw. die Rede ist, dann häufig mit der Absicht, einen Ort der Lieblosigkeit und der Verrohung zu zeichnen. Familien, in denen schlecht gegessen, geschwiegen, gebrüllt, ferngesehen und geschlagen wird. Als gäbe es eine direkte Linie von der Zügellosigkeit beim Essen zur Zügellosigkeit der Münder und Hände.

»Schlagsahne und Schlagsalven«. (Christian Baron)

Ich kann diese Berichte nachvollziehen, die Menschen, die sie verfassten, haben die Gewaltausbrüche und den Schmerz erlebt, von dem sie erzählen. Sie setzen damit jedoch unfreiwillig die Deklassierung fort, gegen die sie anschreiben.

Ist es möglich, von diesem Ort, der fälschlicherweise »unten« genannt wird, anders zu erzählen?

Jeden Tag Fritten.

Unsere Aschenbecher randvoll.

Der Alkohol floss literweise.

Der Fernseher lief pausenlos.

Es war eine schöne Zeit.

(Zuerst das Wort »dennoch« im letzten Satz, dann aber gestrichen.)

Von den Dingen und Verhältnissen meiner Familie zu erzählen bleibt ein Balanceakt. Zwischen Beschönigung und Dramatisierung, Diskreditierung und Rehabilitierung.

*

Wenn eine Lehrerin oder ein Lehrer von mir in unser Lokal kam, dann war es mir immer unangenehm. Ich kann nicht mehr genau sagen, warum. Die Scham lässt noch heute Bilder in mir aufblitzen, die Bedingungen ihrer Entstehung sind mir jedoch unzugänglich.

Wenn ich nach meinen Eltern gefragt wurde, sagte ich oft, sie hätten ein »Restaurant«, nicht »Wirtschaft«.

Wie ich einmal bei einem Freund zu Hause mit am Essenstisch sitze und gefragt werde, ob ich Linkshänder sei, weil ich das Besteck falsch halten würde. Die Gabel mit der rechten, das Messer mit der linken Hand. Sie fragen nicht aus Neugier, das wird mir schon da sofort bewusst. Danach esse ich mit zwei Klötzen an den Händen weiter.

Mit etwa zwölf Jahren bin ich einmal beim Zahnarzt, als er die Behandlung abbricht, genervt schnauft und sagt, ich würde zu sehr aus dem Mund riechen. Ich schäme mich sofort, mittags »normal« gegessen zu haben (kroatisch, mit Ajvar und rohen Zwiebeln). Ich solle mir die Zähne (noch mal!) putzen. Dann bohrt er in meinem Zahn herum, ohne Betäubung, obwohl ich vor Schmerzen aufheule.

*

Heute frage ich mich: Warum ist der Geruch nach Zwiebeln oder Knoblauch oder Pommes denn so schlimm? Sind es wirklich die Gerüche, die so störend sind für die Angewiderten, oder eigentlich die Menschen und Eigenschaften, die jene mit ihnen assoziieren? Und sind nicht eher sie und ihre empfindlichen Riecher das Problem?

Wie hatte es die Freundin formuliert? Nach einem Essen riechen, das fett macht.

»Oh Baby, du riechst ... wie eine Frittenbude: Pommes-Parfüm erobert den Markt.« (berliner-kurier.de)

Der Nachmittag, als sich eine Frau in der Staatsbibliothek beim Service-Personal über einen Wohnungslosen im Foyer beschwerte. Er habe seine ganzen Sachen im Eingangsbereich ausgebreitet, direkt neben ihrem Fach. Es würde unangenehm riechen. So etwas würde es in der New York Library nicht geben, sagte die Frau. Den Mann angesprochen habe sie nicht, bei solchen Menschen wisse man ja nie, wie sie reagierten.

Sie ertragen die Gerüche der anderen nicht. Nicht im Abteil der U-Bahn, nicht für eine Minute beim Ablegen ihrer Jacken.

»Restaurant Split«: ein Lokal am Halleschen Tor (»seit 1966«). Holzvertäfelung aus den 80ern, Fotos von der Altstadt an der Wand, ein schlanker Kellner mit Akzent und dunklen Augenringen. Neben der Theke sitzt ein Junge an einem kleinen Tisch und spielt alleine mit seinen Fußballkarten.

Ich bestelle Ćevapčići mit Djuveć-Reis, mein früheres Lieblingsgericht, obwohl ich seit über 20 Jahren kein Fleisch mehr esse. Eine andere Bestellung ergibt, denke ich, keinen Sinn. (»Reisen in andere Zeiten«, so steht es auch auf der Internetseite des Restaurants.)

Am Nebentisch beschwert sich eine ältere Frau, dass ihr Schnitzel nach Fisch schmeckt. Der Kellner sagt, das könne nicht sein, dafür würden verschiedene Pfannen verwendet. Ich glaube ihm sofort. Ich hinterlasse Ajvar-Flecken auf der weißen Tischdecke, gestehe es dem Kellner und entschuldige mich ausgiebig. (»Ich bin eigentlich kein Gast, sondern einer von euch.«)

Die rohen Zwiebeln esse ich komplett auf.

Bei meiner nächsten Lesung vollführe ich vielleicht eine kleine Performance: Während des Lesens werde ich Pommes frittieren und essen. An einem langen Tisch mit weißer Tischdecke. Wie sich das Zischen unter den Text legt, der Geruch nach Frittiertem im Raum verteilt. Wie manche im Publikum aufstehen und den dunstigen Raum verlassen. Alle anderen riechen danach nach Pommes.

Besuch bei einem Freund. Die erste Hälfte des Abends unterhalten wir uns über Bücher, die zweite spielen wir an seiner Konsole. Das Spiel heißt *Overcooked* und besteht darin, in einer Küche herumzulaufen und verschiedene Gerichte kochen zu müssen. Kartoffeln schneiden, frittieren, servieren. Stress als Spiel. Meine fälschliche Ansicht, ich würde das Spiel von allein beherrschen, weil ich ja genug Erfahrung habe.

Beim Lesen eines Buches stoße ich auf ein anderes Buch und denke sofort, dass der Titel auch zu mir passen würde: *The Gastronomical Me*.

Wenn mein Vater für meine Freundinnen und Freunde kocht, ist mir wichtig, dass es ihnen schmeckt. Ich will, dass sie der Meinung sind, dass mein Vater ein guter Koch ist. Die Freude und das Bangen, andere Menschen mit Essen zu versorgen und zu hoffen, dass es ihnen schmeckt, sind von meinem Vater auf mich übergegangen.

Meine Freundin und ich verstehen uns gut. Wir haben ähnliche Sichtweisen, mögen dieselben Dinge, fühlen uns an denselben Orten wohl bzw. unwohl. Sie kommt aus einer Familie mit Fabrikarbeitern, Eisenbahnern und Bauern. Ihre Eltern sind Aufsteigerinnen, die Mutter Erzieherin, ihr Vater hoher Angestellter. Wenn wir essen gehen, dann nicht in schicke Restaurants, sondern am liebsten zur arabischen Pizzeria um die Ecke, »Pizza Prima«. Wir haben die gleichen Vorstellungen davon, was ein gutes Essen ist und was wir essen möchten.

Wenn wir hin und wieder ausgiebig frühstücken, gibt

es Orangensaft, Rühreier, Frischkäse, Aufback-Baguette und eine Packung Shrimps von Lidl. (»Was für ein Luxus-Frühstück!«)

Wir wohnen zu zweit in einer Wohnung mit 40 Quadratmetern, Küche und Wohnzimmer sind ein Raum. Ich koche gern, vermeide es aber, Essen mit starken Gerüchen zu kochen, etwas anzubraten, zu rösten oder zu frittieren. Wenn ich es doch mal tue, dann öffne ich Wohnungstür und Fenster, halte einen kleinen Abstand zwischen mir und der Pfanne, wechsle danach die Kleidung.

In meinem Bekanntenkreis wird nicht mehr gekocht, es werden »Dinner« veranstaltet. Mehrere Gänge, ausgefallene Gerichte, aufwendige Zubereitungen. Am liebsten würde ich Kartoffelbrei mitbringen und damit um mich werfen.

Fünf-Gänge-Menüs oder gehobene Restaurants sind nichts für mich, ich mag die Sterne-Küche nicht.

Wie ich für das sogenannte »Potluck-Dinner« im Künstlerhaus, bei dem alle etwas zu essen mitbringen sollen, eine große Schüssel Krautsalat zubereite und sie zwischen die Currygerichte, Teigtaschen und Focaccias stelle.

Wenn wir heute in meiner Familie essen, bei meinem Vater, dann steht die Schüssel mit Salat in der Mitte, alle essen daraus. Eine Rolle Küchenpapier auf dem Tisch, die Arme neben dem Teller, der Fernseher läuft. Es wird nicht viel geredet während des Essens, aber das fühlt sich natürlich an. Am Ende bearbeiten wir mit unseren

Gabeln den Boden der Auflaufform, um die angebrannten Stücke (»das Beste!«) abzukratzen.

Der Sinn für Einfachheit, Genügsamkeit, Schnaps statt Wein (Bier trinke ich nicht gern), Kartoffeln statt Austern, Pommes statt Trüffel usw.

Bin ich (doch) stolz auf meine Herkunft, oder ist das alles nur Koketterie? Kann ich von Pommes und Krautsalat erzählen, weil ich weiß, nicht darauf reduziert zu werden?

Wenn ich mit anderen esse, dann langsam, ohne Hast, beinahe bedächtig. Das Besteck wird abgelegt, der Mund abgewischt vor dem Trinken, die Serviette liegt auf dem Schoß. Ich unterhalte mich, schenke dem Essen so wenig Beachtung wie möglich. Es kann dreißig Minuten dauern, bis ich meinen Teller leer habe.

Wenn ich mir sicher sein kann, unbeobachtet zu sein, dann stopfe ich alles, den Kopf über dem Teller, in mich hinein. Nur in diesen Momenten bin ich wirklich mit Essen beschäftigt, denke ich jetzt, und nicht gleichzeitig mit vielen anderen Dingen.

Wir reden viel über Essen in unserer Familie. Was wir gerne essen, nicht so gerne essen, essen wollen usw.

Wir reden aber auch viel darüber, wie man es schafft, weniger zu essen und abzunehmen. Wasser trinken, Bewegung, weniger Kohlenhydrate, mehr Salate etc. Seit zwanzig Jahren dasselbe Gespräch.

Einmal sagte ich zu meinem Vater: »Ich komme zu deinem 70. Geburtstag, aber nur wenn du es unter 100 Kilogramm schaffst.«

Wie gemein und ungerecht man doch werden kann, wenn man die Seite gewechselt hat.

Eine Freundin meinte zu mir, man würde nicht »Ich will dies und das« sagen, sondern »Ich möchte dies und das«. Ein feiner Unterschied, an den ich mich nicht halte, der mir beim Thema Essen unglaubwürdig vorkommt.

Der Moment, als meine Schwester sagt, ich dürfe nicht vergessen, über eine Sache zu schreiben: »Pommes mit Krautsalat.« Als handelte es sich um eine bedeutungsvolle Anekdote unserer Familie.

Im »Dalmacija-Grill«, in der Potsdamer Straße (»Kroatische und internationale Küche. Since 1978«). Hinter dem Tresen läuft ein Fußballspiel der kroatischen Nationalmannschaft, mit kroatischem Kommentator. Der Kellner, die Köchin und ein Gast unterhalten sich auf Kroatisch über das Spiel. Sie scheinen unzufrieden mit der Mannschaft zu sein oder mit allem anderen, das ist nicht ganz klar. Mein Salat wird mit dünner Papierserviette und Unterteller serviert. Auf der Serviette ist eine Landkarte von Kroatien abgedruckt. Auf der Rückseite steht: »Ich lerne Kroatisch. Guten Tag: Dobar dan / Guten Appetit: Dobar tek / Auf Wiedersehen: Doviđenja.«

Durch Essen äußert sich Liebe, im Zubereiten von Speisen zeigt man jemandem, dass man ihn liebt.

Dass sich diese triviale Erkenntnis nicht bei jedem

einstellt oder es in manchen Fällen zumindest zu Verwechslungen kommen kann, liegt auf der Hand:

Der 92-jährige Junggeselle, der nie grüßte und jeden Mittwoch um zwölf Uhr ein kleines Rahmschnitzel bestellte.

Die ältere Frau, die auch im Hochsommer im Filzmantel kam und immer den Kuchen haben wollte, den es gerade nicht gab.

Der Gast, der den Teller zurückgehen ließ, weil ihm die Blätter des Kopfsalates nicht frisch genug aussahen.

Der Gast, der Forelle Blau mit Djuveć-Reis aß. (»Ich bin raus aus der Küche, um zu sehen, welcher Mensch so etwas macht«, sagte mein Vater.)

Stammgäste, die über dem letzten Bier hingen, nicht gehen wollten, nur Blödsinn im Kopf hatten und Kleinkindern Bier einflößten.

Das Pärchen, das sich immer über das Essen beschwerte und dennoch jede Woche wiederkam.

Alle, die sich an unsere Tische setzten, wurden von uns bekocht und mit Essen versorgt.

Aber auch: der Mann, der mit einem kleinen Affen an der Leine zur Tür hereinkam, ein Deckchen neben ihm ausbreitete und für seinen Begleiter Ćevapčići bestellte, danach ein Eis.

Für eine kurze Zeit arbeitete mein Vater im Restaurant eines Golf-Clubs: »Das war nichts für mich. Nur hochnäsige Gäste. Aber mein Gulasch, das haben sie verputzt wie nix.«

Das Bedienen definiert sich keineswegs durch eine servile Haltung gegenüber dem Gast, sondern durch das Verschleiern der Tatsache, dass der Gast den Gastwirten dienlich ist.

Die andere Seite des Bedienens, das Sich-bedienen-Lassen, war mir immer schon suspekt. Noch mehr das Sich-bedienen-lassen-Wollen.

Ich mochte sie nicht, die Gäste. Wie sie in unser Haus kamen, sich an unseren Tischen breitmachten, mit den Händen wedelten, sich Schweinebraten und Bier servieren ließen und mit roten Gesichtern über der Leberspätzlesuppe hingen. Jedes Mal eine kleine Erleichterung, wenn sie wieder aufstanden und gingen.

»Guten Tag.« – »Guten Appetit.« – »Auf Wiedersehen.«

Wie sie Flecken auf der Tischdecke mit Aschenbechern und Salzstreuern verdeckten, ehe sie schnell den Raum verließen, als würde es so niemandem auffallen.

Nicht nur die zubereiteten Speisen wurden ausgekostet. Bei manchen Gästen spürte man, dass sie bei uns etwas auslebten, was sie sonst nirgendwo rauslassen konnten.

An einem Abend ging mein Vater 36-mal zu ein und demselben Tisch, als Kellner im Edelweiß, er hatte eine Strichliste gemacht.

Reservieren: Ich weiß noch, dass ich das Wort als Kind gerne anders verstanden wissen wollte, und zwar so, dass die Gäste ihre Teller alleine zurückbringen.

Etwas Bemerkenswertes, was auf der Hand liegt, mir dennoch jetzt erst bewusst wird: dass die in der Küche und hinter dem Tresen gefertigten Dinge innerhalb von ein paar Minuten wieder verschlungen und vernichtet werden. Vielleicht mochte ich die Gäste deshalb nicht.

Ohne ging es aber auch nicht: die kalte Stille am Morgen, der Wald der hochgestellten Stühle, die leeren Tische, der Geruch von Zigaretten – nichts konnte so einsam und verlassen wirken wie eine Wirtschaft, die am Abend zuvor voll mit Menschen gewesen war.

Liebe geht durch den Magen, heißt es, aber gilt auch der umgekehrte Fall: Geht der Magen durch die Liebe?

Bei meinen Eltern stand das Essen jedenfalls immer zwischen ihnen. Nicht nur in der Durchreiche, zwischen Küche und Gastraum, sondern in allem anderen. Es hat sie auseinandergebracht.

Nicht meine Formulierung, sondern die meines Vaters: »Die Wirtschaft hat uns auseinandergebracht.«

Und: »Wir konnten ja nie richtig reden, immer waren Leute da.«

Sie zeigten ihre Wut, ihren Kummer, ihre Trauer nicht, sobald Gäste da waren. Sie hatten gelernt, ihre Gefühle zu unterdrücken, ihre eigenen Leben zurückzustellen, Wünsche und Pläne auf Eis zu legen, wie man sagt, bis diese wie Lebensmittel mit Gefrierbrand entsorgt wurden.

Ein Satz, der sich eingeprägt hat: »Nicht vor den Gästen!« Wenn es zu Streitereien zwischen meiner Mutter und meinem Vater kam. (Wie »Nicht vor den Kindern!« zeigt er an, welche Personen schützenswert sind.)

»Was ist denn los? Warum lächeln Sie nicht?« Eine Frage an meinen Vater in der Ausbildung. Da hatte er gerade erfahren, dass seine Mutter gestorben war.

Nach der Scheidung arbeitete meine Mutter eine Weile in einer anderen Wirtschaft, für eine Zeit auch als Kassiererin in einem Gartenbaumarkt. Mein Vater führte das Lokal alleine weiter. Er wurde von der Gemeinde überredet, weiterzumachen, man kam ihm bei den Pachtbedingungen entgegen, damit er nicht hinschmeißt. Nach einer Weile wollte meine Mutter nicht mehr woanders arbeiten und kam zurück, aber nicht als Ehefrau, nur als Bedienung. Obwohl sie geschieden waren, arbeiteten sie wieder zusammen, in derselben Wirtschaft, meine Mutter als Angestellte bei meinem Vater, für eine Weile. »Keine gute Idee«, sagt er heute.

Abends sitze ich am Tisch und lege die Rechnungen aus den kroatischen Restaurants nebeneinander. »Vielen Dank für Ihren Besuch – Ihr Split-Team!!« Oder: »Sie wurden bedient von: Chef.« Ich frage mich, was ich mit den Besuchen in kroatischen Restaurants meiner Umgebung im Sinn hatte. Wollte ich sehen, wie solche Restaurants heute aussehen? Wollte ich alte Erinnerungen wachrufen? Oder wollte ich einzig und allein Ćevapčići mit Zwiebeln und Pommes essen?

*

Im Sommer bin ich für eine Woche zusammen mit meiner Schwester bei meinem Vater. Sein Haus steht an der Küste, im Süden von Kroatien, 15 km von Dubrovnik entfernt. Er ist immer darum bemüht, das Essen zu planen und für uns alle zu kochen. Das, was wir gerne mögen. Auch wenn er aufgrund eines Gichtanfalls kaum stehen kann und die meisten Sachen, die uns schmecken, selbst nicht mehr essen darf.

Einmal sitzen wir auf der Terrasse, essen Djuveć-Reis. Danach beobachten wir Ameisen, die hinuntergefallene Reiskörner abtransportieren. Wir staunen darüber, wie viel Essen sie tragen können. Wir bilden zwei Ameisenteams und wetten, welches es schneller schafft. Bei einer Rille im Boden sagt mein Vater: »Jetzt müssen sie über eine Schlucht!«

Am letzten Abend sitzen wir zusammen und essen Pommes mit Krautsalat, aus einer großen Schüssel in der Mitte.

Dinge meiner Familie

Ich stehe auf und werfe einen Blick in den Kühlschrank. Karotten in einer aufgerissenen Plastiktüte, ein Plastikbecher Marmelade, Käseaufschnitt (vier Scheiben Edamer, zwei Scheiben Tilsiter, eine Scheibe Emmentaler), Camembert (»der Gute«).

Zur Offenlegung meiner Verhältnisse – Teil I:
Lacoste (Polo-Shirt)
Fjällräven (Rucksack)
Doc Martens (Lederschuhe)
Tom Ford (Brille)
Apple (Laptop)
Levi's (Hose)
Bauknecht (Waschmaschine)
Moleskine (Notizbuch, nun doch)
Und: Président (Camembert)

Dass es die Dinge sind, die uns umgeben und umhüllen, in deren Materialität wir zu Hause, die von allerwichtigster Bedeutung sind, habe ich schon als Kind erfahren. Am Rande eines Fußballspiels. Ich falle, mit zwölf Jahren, von einem Zaun und breche mir mehrfach den Arm, werde ins Krankenhaus gebracht, muss operiert werden. Der schmerzhafteste Moment: als mir mein gelbes Fußballtrikot, das ich zum ersten Mal trage, aufgeschnitten wird.

Ich trage Marken für den Schein: die Tom-Ford-Brille, die ich auf der Straße finde und bei der ich mir neue Gläser einsetzen lasse. Als der Bügel abbricht, flicke ich ihn mit einem Stück Draht. Als das Glas herausfällt, wird es mit Heißkleber wieder eingesetzt. Bis das Gestell nicht mehr zu reparieren ist. Ein paar Tage später sitze ich beim Optiker, mit meinen Doc Martens und im schwarzen Mantel – eine ähnliche Brille suchend, wie ich dem Verkäufer mitteile –, und der Mann legt mir Markengestelle für 600 Euro hin. Wie ich mich, recht hilflos, zu erklären versuche, es würde vielleicht anders aussehen, aber ich könne mir solche Brillen nicht leisten.

Die Textsammlung, die ich vor vielen Monaten angelegt habe. Ein Durcheinander an Fragmenten, Stoffen und Motiven. Sätze und Abschnitte, von denen ich mich nicht trennen kann, die nutzlos herumliegen. Als würde ich ein Zimmer betreten, das ich unaufgeräumt hinterlassen habe.

Am Anfang suchte ich das Gespräch mit mir nahestehenden Menschen. Sie sollten mir Auskunft geben, von ihren Familien und Geschwistern erzählen, mir Dinge anvertrauen, von denen ich noch nichts wusste. »Wie ist das bei dir mit dem Erben?«, fragte ich, notierte ihre Antworten und kehrte mit den Erzählungen über ihre Erbstücke in meine Wohnung zurück.

Ich gebe »Erbschaft« in das Suchfenster ein und sehe mir Videos an. Menschen mit sympathischen Stimmen erklären mir den Unterschied zwischen Erben und

Schenken, zählen verschiedene Steuerformen auf und erläutern, welche Verwandten im Todesfall wie viel erben. Farbenfrohe Animationen mit Geldsäcken, Gräbern und roten Kreuzen. Alles ein wenig kompliziert, aber im Grunde ganz einfach. Was ich nicht erklärt bekomme: wie sich ein Erbe ausschlagen lässt.

Der gesetzlichen Erbfolge gemäß, so heißt es in einem Video, wird das Erbe den Blutsverwandten hinterlassen, den »Abkömmlingen«. Ich denke bei dem Wort seltsamerweise nicht an Kinder oder Nachfahren, vielmehr an Menschen, die vom Weg abgekommen sind.

Spaziergang zum Bäcker. Müll auf der Straße, eine alte Matratze an der Wand, ein kaputter Breitbildfernseher, in der Mitte eingedrückt, als hätte jemand vor Wut die Scheibe eingeschlagen, ein Lattenrost, ein Bürostuhl ohne Lehne.

Vor der Arbeit an diesem Text wäre es mir vermutlich nicht aufgefallen: keine Glasscherben, keine zerbrochenen Fenster weit und breit.

Eine Woche auf dem Land. Der Plattenbau, in dem ich ein Zimmer zum Schreiben gemietet habe, steht im ostdeutschen Nirgendwo, ringsum Felder und beschädigte Landstraßen, als wäre die Stadt verloren gegangen und nur dieses Wohnhaus übrig geblieben. Die Decken im Raum sind so niedrig, dass ich sie mit den Fingerspitzen berühren kann. Kaum Gegenstände, nur ein schmales Bett, ein Tisch, ein Stuhl, eine Industrielampe, eine kleine Vase mit zwei frisch gepflückten Blümchen. Ich muss daran denken, was ich früher gedacht hätte: Menschen, die sich nichts leisten können.

Jahrelang habe ich alles, was auf der Straße stand und noch zu gebrauchen war, in meine Wohnung geschleppt. Hocker, Stühle, Regale, Teppiche. Jetzt kann ich es mir leisten, nichts zu besitzen. Die Leere in meiner Wohnung hat nichts mit Armut zu tun.

Ich habe keinen eigenen Einrichtungsgeschmack. Ich kopiere nur, passe mich – wie ich dann immer erst im Nachhinein feststelle – an die vorherrschenden Trends und Stile meiner Umgebung an. 70er-Jahre-Ästhetik, Biedermeier, Industriedesign und eben seit einiger Zeit: Minimalismus mit Pflanzen. Mein Vater dagegen hat seinen eigenen Stil. Er liebt es, Dinge aus Holz selbst herzustellen, Tische, Schränke, Kommoden. Die Einrichtung in seinem Wohnzimmer ist komplett selbst gebaut. In seinem Garten liegen Steinbrocken, aus den Bergen von Herzegowina, seltsam geformt wie Mondgestein, mit Höhlen, Löchern und scharfen Kanten.

In meiner Wohnung steht ein Karton mit alten Fotoalben, jemand hat sie auf die Straße gestellt. Aufnahmen von einem Paar, keine Kinder. Menschen in Wohnzimmern, beim Fasching, in zu großen Gartenstühlen, im Urlaub am Strand. Sobald man eine Seite umklappt, fallen die Fotos heraus, geraten durcheinander. Leere Fotoecken, Bezeichnungen ohne Foto (»Rimini 76«). In diesem Leben scheint längst alles zerstreut und aussortiert. Ich weiß nicht, was ich mit den Aufnahmen anstellen soll. Zurück auf die Straße stellen oder einfach wegwerfen geht nicht. Also bringe ich sie in meinen Keller, wie einen Ersatz für die Alben, die wir in unserer Familie nicht besitzen.

Gespräch mit einer Freundin, abends in einer Bar, wir trinken Whiskey mit Zitronensaft. Sie sagt, es gehe beim Erben weniger um Häuser und Dinge, vielmehr um das Immaterielle, das Unausgesprochene und Verborgene in Familien. Nicht um das, was man bekommt oder nicht bekommt, sondern um etwas völlig anderes (Beziehungen, Verletzungen, Enttäuschungen). Letztlich gehe es um Liebe, um das Ideal der egalitären Liebe der Eltern zu ihren Kindern. Ich stimme zu, beginne dann aber, unvermittelt von der Schrankwand meiner Eltern zu erzählen.

Mein Versuch, alles genau zu untersuchen, mein materielles wie kulturelles Erbe Stück für Stück auseinanderzunehmen und zu begutachten. Wie bei einer Inventur. Was ich erhalten habe, nicht erhalten habe, erhalten werde. Besitz, Dinge, Eigenschaften, Merkmale. Nach kurzer Zeit erscheint mir diese Art von Aufstellung sinnlos.

Hier dennoch einige Dinge aus meiner Kindheit, die ich besonders hochwertig fand:
Le-Tartare-Frischkäse
Ferrero Rocher
Prinzen Rolle
Pizza Ristorante von Dr. Oetker
Gläser der Marke Joy

Zigaretten von Marlboro
Ananasscheiben aus der Dose
Tennisschläger von Wilson
T-Shirts von Adidas
Autos von Mercedes
Produkte von Nivea
Schuhe von Nike
Hi-Fi-Anlagen von Sony
Weiche Teppichböden
Sofas aus schwarzem Leder
Schrankwände aus Holz
Reisen von Neckermann

Und sie waren/sind es ja auch: der Aufstieg meiner Eltern aus ihren ärmlichen Verhältnissen, den Steinhäusern und Altbauzimmern mit Waschschüsseln und Holzöfen hinein in eine Vierzimmerwohnung mit Schrankwand, Couchgarnitur, Waschmaschine und Fernseher.

In einem Online-Artikel wieder auf die »bescheidenen Verhältnisse« gestoßen. Ein schlichtes Zuhause, keine großen Sprünge, unauffälliges, authentisches Leben. Als hätten sich die Menschen von sich aus für Enthaltsamkeit entschieden. Als könnten sie mit den Vergnügungen des Reichtums und des Luxus gar nichts anfangen.

Meine Arbeit auf dem Wertstoffhof, nach der Schule. Ich trug eine orange Weste, alte Handschuhe und sortierte Plastikmüll. PET, PP, PE, Styropor. Manche brachten Abfall voll mit verschimmelten Essensresten, andere wuschen jedes Teil und stapelten es wie sauberes

Geschirr. Meine immer enttäuschte Hoffnung, irgendetwas Aufregendes zwischen den Plastiktüten zu finden.

An einem Nachmittag im Sommer sitze ich im Biergarten »Zur deutschen Eiche«, bestelle eine Portion Pommes und beobachte das Kind vor mir im Sandkasten. Es ist heiß, aber der Wind hält alles fortwährend in Bewegung, Wellen in den T-Shirts, Rauschen in den Kastanien. Zwischendurch ruft das Kind nach seiner Mutter, die mit Männern am Tisch sitzt, raucht und Bier trinkt. Die Mutter trägt Crocs, Leggings und kurze rot gefärbte Haare. Obwohl ich nichts weiß, sehe ich alles schon vor mir: ihre Wohnung, ihre Möbel, die ganze Einrichtung.

Ich sehe mir wieder alte Fotos an. Materialien, Möbel, Gegenstände, Stoffe. Sie interessieren mich mehr als unsere jungen, sich ähnelnden Gesichter.

Unsere alte Schrankwand. Aus den 80ern, in Schwarz, mit silbernen Griffen, Schubladen und Glasvitrine. Wir hatten sie für viele Jahre, in jeder Wohnung, bis der Pressspan irgendwann nachgegeben hat. Noch heute gefällt sie mir.

Mein altes Kinderzimmer, ein Set an Schränken in L-Form, furniertes Holz. Ein Bett, ein Schrank, ein schmaler Bettkasten. Ein günstiges Angebot. Meine Eltern verließen sich bei der Auswahl von Möbeln, Stoffen und Geräten immer zuerst auf den Preis. Die Dinge mussten günstig sein und ihren Zweck erfüllen, nicht gut aussehen.

Die Zigarettenschachteln in meinem Zimmer. Ich sammelte keine Briefmarken, Münzen oder Spielfiguren, sondern leere Zigarettenschachteln. Hunderte verschiedene Marken, Länder und Editionen, sogar Nikotingehalte. Ich zog die Plastikfolie außen und das Alupapier innen ab, stellte sie in meinem Zimmer nebeneinander auf, wie Bücher in einem Regal, mein Zimmer roch nach Rauch und Tabak. Auf einem Foto habe ich sieben Schachteln in der Hand (als wäre ich Kettenraucher).

»Es gibt immer noch Anhänger dieser historischen Fehlentwicklung [...].« *(Das Lexikon der verschwundenen Dinge)* Gemeint ist die Schrankwand.

Wenn ich mir das alte Zimmer meiner Schwester vorstelle, von dem ich keine Fotos habe, dann sehe ich überall blaue Gegenstände in den Regalen und an den Wänden – dabei kann ich mich konkret nur an die blauen Gläser von Joy erinnern. Das Zimmer ist in meiner Vorstellung türkisblau und gleichzeitig hell, wie auf dem Grund eines Pools. Die Frage, was Erinnerung ist und was Konstruktion, halte ich im Kontext des Schreibens für nicht relevant.

Unsere Handtaschen, Rucksäcke und Anoraks, unsere Möbel finden sich nicht in Galerien oder Antiquitätenläden. (Auch wenn es »Gelsenkirchener Barock« genannt wird.) Von den Dingen und Gegenständen, die uns umgeben, die wir am Körper tragen, die in unseren Wohnungen stehen, lernen wir nichts in der Schule, dafür in unseren Familien. Vielleicht sind sie deshalb so verräterisch.

Unsere Sitzgarnitur, ein Sofa, zwei Sessel, aus schwarzem Kunstleder.

Unser Ausziehsofa, ein Modell in bunten Farben (Lila, Schwarz, Weiß), mit Stoff bezogener Schaumstoff.

Unsere Tupperware, Margarine-, Käse- und Eisbehälter, in verschiedenen Größen und Formen.

Unsere Sporttaschen und Regenjacken und T-Shirts und Trainingsanzüge aus Polyester.

Wie ich am Tisch stehe und die Daumen-hoch-Geste mache, wie ich in der Küche sitze und esse. Wieder Fotos aus unserer Wirtschaft. Je länger ich sie betrachte, umso mehr kommt mir mein jetziges Leben als Anomalie vor, als Ausnahmeerscheinung. Etwas stimmt nicht mit mir überein.

»Unsere Wirtschaft« denke ich noch immer, dabei gehörte nichts davon uns.

*

Als die große Wohnung zu teuer wurde, sind wir in eine kleinere gezogen. Eine neue schwarze Schrankwand aus Pressspan, ein bunt geflecktes Sofa aus Schaumstoffteilen, die lose auf der Sitzfläche lagen und immer auf den Boden fielen, ein knapp zwei Meter hohes Imitat einer Strandpalme, eine bayerische Sitzecke mit Tisch und Stühlen, unsere schwarze Ledercouch, der Fernsehsessel.

Mein Vater lebte schon in Kroatien, in einem Haus am Meer, und meine Schwester hatte eine eigene Einzimmerwohnung. Ich verbrachte meine Zeit damit, Musik zu hören und PlayStation zu spielen. Manchmal saßen meine Mutter und ich zu zweit vor dem Fernseher, mit einer Kanton-Ente vom Chinesen, eine Aluschale mit Reis und Fleisch auf unserem Schoß, und guckten das Abendprogramm. Meine Mutter hatte kein eigenes Bett und kein Schlafzimmer, sondern schlief auf dem Sofa im Wohnzimmer, jeden Morgen und jeden Abend wurde es ein- und ausgeklappt.

Wir hatten alle guten Marken zu Hause. Quelle, Otto, Neckermann, Bader – alle paar Wochen kam ein neuer Katalog mit der Post. Meine Mutter saß im Wohnzimmer, die Beine seitlich auf der Couch, leckte ihre Finger ab und arbeitete die 1000-seitigen Werke an einem Nachmittag durch. Ihre Bestellungen trug sie in die Tabelle des Bestellscheins ein, im Anschluss gab sie mir den Katalog und sagte: »Such dir auch was aus!« Manchmal fuhren wir zusammen in ihrem alten Opel Kadett nach München, zu C&A und Karstadt, um ihr neue Pullover und Handtaschen und mir einen neuen Anorak zu kaufen.

Als ich auszog, nach München ging, um zu studieren, und die kleine Wohnung zu teuer wurde, zog meine Mutter in eine noch kleinere, im »Glasscherbenviertel«.

*

In Familien, die wenig besitzen, werden häufig Geschichten und Legenden von ehemaligem Reichtum erzählt.

Der Urgroßvater meines Vaters, der viel Land besessen haben soll, bevor es zum Streit in der Familie kam.

Meine Großmutter mütterlicherseits, die nach einem Sechser im Lotto den Schein verlor.

Der Großvater einer Freundin, der ein Vermögen besessen, es aber an der Börse verspekuliert habe. (Wobei manche in der Familie glauben, das Geld liege immer noch auf einem Konto in der Schweiz, er habe jedoch die Kontonummer mit ins Grab genommen.)

Alle vom Schicksal betrogen, jede Familie auf ihre Weise.

Was uns eint, sind die unglücklichen Umstände, die uns zu dem gemacht haben, was wir jetzt sind.

Wenn ich davon berichte, dass es in diesem Text um meine Familie gehen soll, dann begegnet mir Misstrauen. Ist sie denn so besonders, deine Familie?, fragen die Blicke meines Gegenübers, nur dann scheint sie erzählenswert zu sein. Aber genau weil sie das nicht ist und unsere Geschichte sich tausendfach wiederholt, auf eine Weise unsichtbar und unbeachtet, will ich von ihr erzählen. Die Familie nicht als Ort einer besonderen Geschichte, sondern als Raum, an dem alles, worüber ich schreibe, stattfindet.

Der nüchterne, sachliche Ton scheint mir eine Objektivität vorzutäuschen, die es nicht gibt: »Eine neue schwarze Schrankwand aus Pressspan, ein bunt geflecktes Sofa aus Schaumstoffteilen …« ist keine deskriptive Aussage, sondern eine ästhetische Bewertung, eine Festschreibung von Ungleichheiten in der Ausstattung, eine Verlängerung der Unterschiede. Ich hätte ja auch schreiben können: »Das neue, weiche Sofa, das sich meine

Mutter ausgesucht und auf dem sie jede Nacht geschlafen hat …«

Ich treffe einen Freund. Wir sitzen vor einem Café und unterhalten uns über Geld, das wir nicht haben, und über Wohnungen, die andere von ihren Eltern geschenkt bekommen. Ein Mann mit zugekniffenen Augen und schmutzigen Händen kommt an unseren Tisch und sagt, so als hätte er unser Gespräch belauscht: »Wollt ihr mir vielleicht eine Wohnung schenken?«

Ich erinnere mich an den Moment, als ich in einer Bar sitze und einem Bekannten begeistert erzähle, ich hätte nach Auszahlung eines Stipendiums zum ersten Mal in meinem Leben viel Geld auf dem Konto. Der Bekannte will wissen, wie viel. »5000 Euro«, antworte ich. Der Bekannte lächelt und sagt, das sei doch schön. Später erfahre ich, dass seine Familie über beträchtliches Vermögen verfügt und ihm sowohl ein Seegrundstück überlassen als auch eine Siebenzimmerwohnung im Dachgeschoss gekauft wurde. Meine 5000-Euro-Begeisterung ist mir daraufhin unangenehm und peinlich.

Sie sprechen auf beschwerte Weise oder gar nicht, die Besitzenden, als würde das Erbe sie belasten.

Zur Offenlegung meiner Verhältnisse – Teil II:
Bettwäsche von IKEA
T-Shirts von H&M
Unterhosen von Woolworth
Haarschneidemaschine von Rossmann

Baumwollhandtuch aus dem Hotel
Staubsauger von der Straße
Fahrrad von einem Freund geliehen
Fake-Birkenstock
Kleiderbügel aus Draht
Tupperware aus Eisschachteln

Auch wenn ich die Zahlen nicht kenne, frage ich mich, warum Vermögende so lange warten, bis die Kinder 30 oder 40 sind, anstatt ihnen sofort eine Wohnung zu kaufen. Haben sich die Abkömmlinge bis dahin zu bewähren? Kommt es den Eltern erst am Ende ihres Lebens in den Sinn? Haben Sie Angst, mit dem eigenen Vermögen einen schlechten Einfluss auf die Kinder auszuüben? Ahnen Sie vielleicht, dass es die Freundschaften ihrer Kinder verändern, evtl. sogar zerstören würde?

Wie kommt es, dass wir alle zusammen abgewetzte Hosen und Bundeswehr-Parkas trugen, schwarzgefahren sind, billige Biere am Späti tranken, auf Sperrmüllmöbeln saßen, uns in Clubs schmuggelten, Pommes in billigen Buden aßen – und nun manche von uns in den Skiurlaub in die Schweiz fahren?

Eine Freundin – aus armen Verhältnissen kommend und jetzt mit dem Seegrundstücksbesitzer liiert – sagt, noch bevor sie diesen Text gelesen hat, ich solle »aber bitte nicht so bashen«. Womit sie wohl Verschiedenes meint:

Dass manche Dinge, die hier stehen, einigen nicht gefallen könnten.

Dass man über Armut und Reichtum besser abstrakt spricht.

Dass ich nicht alles in mir und um mich herum nach Gegensätzen aufschlüsseln sollte.

Dass die Reichen für ihren Reichtum genauso wenig können wie die Armen für ihre Armut.

Dass ich selbst alles andere als arm bin, mehr habe als viele andere, weshalb ich wohl besser nicht nach oben treten sollte.

Ich frage mich, warum es so schwer ist, solche Dinge anzusprechen und offenzulegen.

Zur Offenlegung meiner Verhältnisse – Teil III:

Wenn ich viel Geld hätte, würde ich es genauso machen wie sie.

Es genauso machen, das kann ich gut. Wer ist dieser Mensch, der die Beine übereinanderschlägt, sich sanft an den Tisch setzt und behutsam wieder aufsteht, eine Tageszeitung kauft, liest und damit herumläuft, der sich die Brille zurechtschiebt, über Texte spricht, die er gelesen hat, im Laden steht und in Büchern herumblättert, ins Programmkino geht (OmU), kein Auto besitzt, ein braunes Hollandrad fährt, Zugreisen unternimmt, einen Lodenmantel und schwarze Lederschuhe trägt, der nichts bei Tchibo oder KiK kauft, der in Secondhandläden und auf Flohmärkte geht, der Industrielampen und dänisches Design schön findet, der Käse an der Theke (Gruyère oder Comté) und Wein erst ab sieben Euro kauft?

Als hätte ich ein Erbe erschlichen, das mir nicht zusteht.

Geht es mir vielleicht um eine bestimmte Haltung, die Reichtum ablehnt und mit dieser Ablehnung nur eine andere Form von Kapital erzeugen will?

Stelle ich mit diesem Buch nicht eine andere Form von Besitz und Vermögen zur Schau?

»Auf ästhetischer Ebene hat sie die Epochen durchschritten und dabei die zeitlosen Codes beibehalten, die sie auch heute noch, vor allem in ihren traditionellen Ausführungen, zu einer der anerkanntesten und unverwechselbarsten Armbanduhren machen.« (rolex.com)

»Das farbliche Erscheinungsbild ist bis zur Gegenwart ebenso beibehalten wie die rein typographische Gestaltung des Umschlags: keine Fotos, vielmehr Linien, die Autornamen und Titel des Buchs voneinander trennen.« (suhrkamp.de)

»Glasscherbenviertel, das: ärmlicher, heruntergekommener Stadtteil mit schwieriger Sozialstruktur« (duden.de)

Die schwierige Wahrheit: Ich wollte nicht zusammen mit meiner Mutter gesehen werden, ich lud nie Freunde zu mir nach Hause ein, sie sollten unsere winzige Wohnung nicht sehen, ich schämte mich, vor allem, nachdem ich bei Freunden zu Hause war, in ihren zweistöckigen Häusern und Villen mit Pianozimmern, Kaminen und Wintergärten.

Wenn doch jemand mit zu mir nach Hause kam, lüftete ich eine Stunde vorher alles, vertrieb Fliegen oder tötete sie, räumte auf, wedelte mit Raumspray herum. Als ließe es sich damit entfernen. Das Gefühl der Verlegenheit, das mit einem Freund zur Tür hereinspazierte und unser Wohnzimmer betrat.

Bei *Vier gegen Willi*, einer Fernsehshow aus den 90er-Jahren, traten immer zwei Familien gegeneinander an. Sie saßen zu beiden Seiten der Halle, in ihren eigenen Wohnzimmereinrichtungen – die Möbel und Gegenstände von zu Hause mitgebracht, Teil der Show.

Damals wie heute unvorstellbar für mich.

Dabei mache ich hier im Prinzip nichts anderes: stelle meine Inneneinrichtung ins Rampenlicht.

Bis heute scheue ich mich vor Besuch, empfange nur ungern Gäste, fürchte ihre Blicke und Urteile.

»In deiner Wohnung passt ja nichts zusammen!« Der lächelnde Kommentar einer Bekannten, die einmal bei mir übernachtete.

Mit 15 habe ich mir meine ersten Doc-Martens-Lederschuhe gekauft, in Schwarz. Mit breiter Sohle, gelber Naht und Schlaufe zum Hineinschlüpfen. Keine echten Doc Martens, eine No-Name-Kopie aus dem Katalog.

Wie ich meine Mutter einmal besuchte – ich wohnte schon in der Stadt, ging ins Kino, las Bücher –, und sie lachte mich aus, als sie mich in roten Stoffschuhen sah. Sie kriegte sich gar nicht mehr ein.

Der Übergang von einer Welt in die andere ist mit Dingen verbunden, Dingen und Gewohnheiten, die ich zurückgelassen, und anderen, die ich mir angeeignet habe. Eigenes wurde mir fremd, Fremdes habe ich mir zu eigen gemacht.

Testamentarische Notizen eines Menschen, den es nicht mehr gibt:
Ich vermache
meine Knight-Rider-Bettwäsche,
meine Regenjacke aus Polyester,
meine Sportschuhe von Aldi,
meine PlayStation samt Racing Wheel,
meinen Fernseher plus Videorekorder,
meine Holzfällerhemden und knielangen Badehosen aus dem Katalog,
meine Unlust, dicke Bücher zu lesen,
meine Sammlung an Zigarettenschachteln,
meine fettigen Haare, meine Igelfrisur und mein kleines Schwänzchen im Nacken,
meine schlechten Zähne und
meine nach Pommes stinkenden Klamotten.

Ein warmer Herbsttag, in der Sonne funkelnde Blätter. In der Bibliothek, auf der Toilette, am Waschbecken bemerke ich einen Hahn mit zwei unterschiedlichen Drehknöpfen, einem neuen und einem alten, was mich auf seltsame Weise berührt.

Im Foyer hat ein Wohnungsloser einen Einkaufswagen dabei, mit all seinen Sachen, auf dem Kopf trägt er einen silbernen Eisbehälter (Smirnoff). Augenblicklich verspüre ich den Wunsch, meine Sachen auszusortieren, sie auf das Nötigste zu reduzieren, damit sie auf einem Einkaufswagen Platz finden könnten.

In der Cafeteria gibt es Balkangemüse, eine rote Pampe mit Paprika und grünen Erbsen. Ein Freund macht eine Anspielung, schickt mir ein Foto »Balkanciaga«, wie die Luxusmarke.

Ich laufe durch die Straßen, sehe einen Karton: »Zu verschenken«. (Sonderbare Idee, denke ich, die Dinge, die man nicht mehr haben will, als Geschenk zu bezeichnen.) Der Briefkastenschlüssel fällt mir heraus, verschwindet zwischen den Tassen, Computerspielen und DVDs, ich suche und wühle, kann ihn nicht finden. Ich werde wütend und schmettere eine Tasse auf den Boden, das Geräusch von klirrendem Porzellan, weiße Scherben.

Ich will nichts davon haben – von der Plastikware, den Lederimitaten, den Amalgamfüllungen, dem Balkangemüse, den Quelle-Möbeln und Polyesterklamotten.

Ich trete mein Erbe nicht an.

Am liebsten würde ich alles verschleudern.

»Tatsächlich gibt es zwei mögliche Verwendungsweisen eines Erbes, die fruchtbringende Nutzung und die Verschleuderung.« (Chantal Jaquet, hier zitiert nach Pierre Bourdieu)

Wie ich Bücher eines Verstorbenen aussortiere: Romane, Kochbücher, Fotobände, viele von der Straße, meine eigenen. Weil ich irgendwann Bücher wie Zigarettenschachteln gesammelt habe.

Jedes Jahr fallen mir neue ungeliebte Züge und Details an mir auf.

Meine Schwester, die sagt, ich erinnere sie immer mehr an unseren Vater.

Ganz anders sein wollen und doch immer wieder so sein wie sie.

Sie ist immer da, die innere Zersplitterung, die Scherben und Umbrüche im eigenen Selbst, die Disparität der eigenen Anteile. Sie liegen in einem ständigen Widerspruch, in mir tobt ein unaufhörlicher Erbstreit.

*

In der Familie meiner Mutter gab es keinen Streit ums Erbe, weil es kein Erbe gab. Der Vater meiner Mutter ist gestorben, als sie sechs Jahre alt war. Sie hat ihren Vater ein paarmal gesehen. Der Mann war schon über 60, lebte mit einer anderen Familie. Er arbeitete, wie meine Großmutter, bei der Deutschen Post, mehr wusste auch meine Mutter nicht von ihm. Der Tochter blieb nichts vom Vater, nur der zweite Vorname: Ernestine (von Ernst).

Meine Großmutter war alleinerziehend und lebte mit ihrer unehelichen Tochter in München. Meine Mutter erzählte oft, wie streng und herzlos ihre Mutter war. Ihr Gehalt musste sie zu Hause abgeben, nichts durfte sie kaufen, nichts unternehmen. Wenn sie es dennoch tat, gab es Geschrei. Ein mir überliefertes Bild: wie sich ihre

Mutter – wenn meine Mutter ausgehen wollte – auf den Boden warf und schrie, sie könne nicht mehr atmen, sie würde sterben. Meine Mutter hat noch eine Schwester, vom selben Vater, über einige Jahre versuchte sie Kontakt herzustellen. Doch die Halbschwester hat jede Kontaktaufnahme abgelehnt. Von ihren Eltern hat meine Mutter nichts geerbt außer einen Koffer mit Fotos und Unterlagen und ein paar tausend Mark, gerade genug, um damit die Kosten für die Beerdigung zu bezahlen.

*

Ich laufe mittags durch die Stadt, es ist sonnig und heiß. Der Verkehr verstopft die Straßen. Auf der anderen Straßenseite sehe ich ein Elektronikfachgeschäft. »Kühlschränke, TV, Video, Waschmaschinen – fe wa lec ronic«. Ein E und das T sind verloren gegangen. Und weitere Buchstaben, die eine Weile in meinem Kopf rotieren. Efehwa, Bofehwa, Tefehwa.

In der Bibliothek leihe ich ein Buch aus: *Weit vom Stamm – Wenn Kinder ganz anders als ihre Eltern sind.* Beim Lesen des Inhaltsverzeichnisses stelle ich fest, mich vertan zu haben. Der Autor stellt Familien vor, deren Kinder taub, schizophren oder autistisch sind.

Aus meinem Notizbuch: »Lesung im Brecht-Haus. Begegnung mit der Autorin auf der Toilette«, »Ein Pfandsammler wird an der Kasse abgewiesen«, »Im Bankvorraum Brötchen aus dem Supermarkt gegessen«, »Mann mir Barbour-Jacke im Publikum, die Jacke über den Stuhl gestülpt, sodass das Label gut zu erkennen ist«. Wie ein Ermittler protokolliere ich alles, was mir auffällt. Details, Kleinigkeiten, Unbrauchbares, womöglich. Ich habe eine Sammelwut entwickelt.

Erinnerung: wie ich und ein anderer Helfer einmal für mehrere Tage Bücher sortiert haben, in einer Bücherwohnung, das Zuhause eines Büchermenschen. Bis zur Decke gefüllte Regale, Wissenschaft, Geschichte, Philosophie, Klassiker, Romane – Zigtausende Bände. Die Wohnung eines Intellektuellen, vielleicht eines Professors, nun Verstorbenen. Nie zuvor hatte ich so viele Bücher gesehen. Mir wurde bewusst, was ich, da konnte ich noch so viel studieren und lesen und lernen, niemals werden würde. Am Ende, wie in einem platten deutschen Fernsehfilm, finden wir einen NSDAP-Ausweis zwischen den Unterlagen.

Meine mir fast lieb gewonnene Vorstellung, man würde meine Wohnung aussortieren, alle Bücher und Habseligkeiten von mir entsorgen, und am Ende würde man das eine Objekt finden, das mich enttarnt.

Ein paar Dinge, die mir heute wichtig sind:

Der Füller, schwarz-dunkelgrüner Korpus, goldfarbener Ring, goldfarbene Feder. Er hat kaum Gewicht, ein Modell aus Plastik. Völlig sauber, so als wäre er nie benutzt worden.

Die kleine Holzkiste mit Fotos, die mir meine Freundin geschenkt hat.

Das Messer, das ein Freund selbst angefertigt hat.

Die kleinen weißen Steine in meiner Wohnung, auf der Fensterbank, gesammelt an kroatischen Stränden.

Die Fliese aus dem Hotel. Neben dem Haus meines Vaters stand früher ein großes Hotel (»Hotel Plat«). Im Krieg wurde es zerstört, doch die Ruine stand noch lange, etwa 20 Jahre. Jeden Sommer lief ich durch die Flure und Zimmer, ging runter zum leeren Pool, legte mich auf die Terrasse. Ich liebte es, mich in dem verlassenen Hotel aufzuhalten. Irgendwann wurde alles abgerissen. Eine Fliese habe ich aufgehoben und mitgenommen.

Die blaue Arbeiterhose meines Großvaters. Neu, ungetragen. Offenbar war sie ihm zu groß. Auch bei mir schleifen die Hosenbeine über den Boden.

*

Meine Großeltern haben ihr ganzes Leben in einem Steinhaus in Duži, einem kleinen Dorf im heutigen Bosnien-Herzegowina verbracht. Mein Großvater konnte ein paar Brocken Deutsch: »Alles geht vorüber, alles geht vorbei.« Mit 17 war er Soldat, bei der kroatischen Armee, aufseiten der Deutschen. Ihm, der zwei Jahre die Schule besucht hatte, wurde eine Waffe in die Hand gedrückt und eingebläut, dass in den Bergen der Feind warte. Ich sehe ihn vor mir, mit seiner blauen Schiebermütze, der blauen Arbeiterhose, den Stoppeln im Gesicht. Wie er »Partisani, Partisani« ruft, mit ausgestrecktem Arm, als würden sie immer noch hinter den Hügeln lauern. Als der Krieg in Jugoslawien ausbrach, wollte er nicht fliehen, sein Steinhaus in Duži nicht verlassen.

Wenn ich als Kind dort war, langweilte ich mich zu Tode. Es gab nichts zu tun außer Schafe hüten, Feigen essen und mit Steinen werfen. Ein eisernes Tor, das mit einem Draht an der Mauer geschlossen wurde. Ein Brunnen, aus dem man mit einem Eimer Wasser holte. Eine flache Schüssel aus Emaille im Freien, an der man sich waschen konnte. Ein kleiner, im Baum hängender Spiegel.

Onkel Stijepo hat das Steinhaus inzwischen abgerissen und den uralten Baum abgeholzt. Ohne meinen Vater oder die Schwestern zu fragen. Bis heute tobt der Streit. Die Geschwister können sich nicht einigen, wer welches Stück Land bekommt. Onkel Stijepo beansprucht den Hauptteil für sich. Schließlich sei er nicht in Deutschland gewesen.

Mein Vater zeigt es mir. Auf dem kleinen Pfad, er führt vom Stall hinter dem Haus einen kleinen Hang hinab, an Feldern vorbei, bis zu einer kleinen Straße, nur einen Steinwurf vom Dorf entfernt. Karstgestein, steinige Hügel, noch mehr Steine, Büsche, Geäst, dazwischen Plastikmüll. Mein Vater zeigt mir den Verlauf der Grenzen, die Grundstücke, die uns und den Nachbarn gehören, deutet zum Hügel hinauf, zeichnet eine Linie mit dem Arm: »Siehst du den Baum?« Ich nicke. Wo das eine Grundstück aufhört und das andere beginnt, ist nicht zu erkennen.

Einmal gab es heftigen Streit zwischen den Brüdern, als ich dabei war. Es war eine alte Pistole meines Großvaters im Spiel, eine Waffe aus dem Zweiten Weltkrieg. Keiner von beiden wollte sie an sich nehmen, sie aber auch nicht dem anderen überlassen. Während mein Vater und mein Onkel sich stritten und anbrüllten, durchsuchte ich die Koffer mit den Sachen meines Großvaters, holte ein paar Dinge heraus: eine Uhr, ein Taschenmesser, einen Füllfederhalter, eine blaue Hose. Es waren die letzten Dinge, in den zwei Koffern, den großen Rest hatte mein Onkel in eine Grube geworfen, mit Benzin überschüttet und verbrannt.

Mein Vater hat die Sache mit dem alten Steinhaus längst verarbeitet. Neben seinem Garten steht jetzt ein kleines Haus, bei dem er einen Stein aus Duži eingesetzt hat. Einmal stehen wir genau davor. »Es ist nur ein Stein, aber er erinnert mich an meinen Vater«, sagt er und deutet auf eine Stelle an der Wand. Ich bücke mich und sehe mir den Stein genau an. Er ist nicht von den anderen zu unterscheiden.

*

Indem ich die Geschichte über den Stein erzähle, setzt sich die Linie fort.

Petar, der Vorname meines Vaters, seine Bedeutung: Stein.

(Womöglich muss das Werkeln, Schleifen, Bauen und Schrauben, das den Werkenden manchmal als stumpfe, geistlose Tätigkeit angelastet wird, unter anderen Gesichtspunkten betrachtet werden.)

Meine Schwester sammelt kieselsteingroße Muscheln am Strand und verziert damit kleine Tische und Hocker.

Sie legt ein Muster, einen Schriftzug oder einen Namen (»Ilija«) und übergießt die Fläche mit Flüssigkunststoff. Um ein Marmeladenglas zu füllen, muss sie ein paar Stunden sammeln.

»Auf dieses Thema habe ich jetzt überhaupt keine Lust!« Meine Schwester, die ihren Unwillen erklärt, übers Erben zu sprechen. Ich betrete einen sensiblen Bereich. Als würde es mir darum gehen, über die Anteile des Hauses unseres Vaters in Kroatien zu sprechen, das wir erben werden.

Bei einer Lesung. Der Künstler und Essayist zeigt Familienfotos, die er im Laufe seines Lebens aus fremden Kartons gezogen hat. Fotos, »die nichtssagend und allessagend zugleich sind«. Hinter dem Mann ein Foto vom Nussbaumfurnier einer Schrankwand.

Soll mein Bedürfnis, Steinen und Muscheln und kaputten Fliesen eine Bedeutung beizumessen, vielleicht darüber hinwegtäuschen, keine anderen wertvollen Dinge zu besitzen?

Ist dieser Text selbst wie ein Furnier, das weniger wertvolle Dinge mit edleren, kunstvollen Schichten überzieht?

*

Mein Vater wird oft gefragt, wo denn nun die Million sei, er habe in Deutschland sicher ein Vermögen gemacht. Er hat nicht viel von seinem Haus, die Schulden sind noch nicht abbezahlt. Er selbst bewohnt nur einen fensterlosen Raum, ganz unten, Küche, Wohnzimmer und Schlafzimmer in einem, der Rest des Hauses ist zu Ferienwohnungen umgebaut und wird vermietet.

Mein Vater verschwendet nichts, jeder Gegenstand hat sieben Leben. Die Möbel, die mein Vater wie teure Erbstücke behandelt, die jeden Umzug mitgemacht haben, die zuerst bei uns in der Wohnung in Deutschland standen, dann in seiner Wohnung in Grainau, dann im Apartment in Kroatien, dann in seinem Zimmer, dann in der Garage. Was er schon alles transportiert habe, sagt mein Vater, mit seinem Anhänger (35 Jahre alt): »Alle Möbel, mein ganzes Leben, hin und her, rauf und runter.« Er sagt es so, als könnte er es selbst nicht ganz fassen.

»Der ist doch noch gut!« Oder: »Das funktioniert einwandfrei!« Nichts darf weggeschmissen, alles muss aufgehoben werden. Die Dinge, die man entsorgt, würde man irgendwann wieder brauchen, sagt er, das sei ihm häufig passiert. Um sein Haus herum verteilen sich mehrere Schuppen und Lager, mit Plastikeimern, Kisten, alten Kommoden, Kühlschränken, Mikrowellen, Toastern.

Der Karton mit alten Tüten, jedes Stück wird mehrfach verwendet, bis es auseinanderfällt. Einmal wühle ich darin und ziehe einen Umschlag mit Geld heraus, zwischen den Plastiktüten mehrere Tausend Euro. Mein Vater lacht und meint, das sei doch ein gutes Versteck, niemand komme darauf, Wertvolles im Plastikmüll zu suchen.

*

Die Rechtschreibprüfung in meinem Schreibprogramm schlägt vor, »Duži« mit »Dubai« zu ersetzen.

Als ich neue Möbel hatte, brachte mein Vater das L-förmige Pressspan in Teilen nach Kroatien, für die Einrichtung der Gästezimmer. Jeden Sommer betrat ich das Apartment und öffnete den Bettkasten, als könnte sich tatsächlich etwas von dem darin befinden, was ich als Kind dort verstaut hatte. Mein Erstaunen, dass sich genau diese Geste darin befindet.

Als ich in der Garage meines Vaters eine alte Sporttasche mit Büchern finde. Kriminalromane von Agatha Christie, ein Buch von Henry Miller, das quadratische Witzebuch, das ich meinem Vater 25 Jahre zuvor zum Geburtstag geschenkt habe (»Viel Spaß beim Autofahren!«) und das er aufgehoben hat, und einen alten Quelle-Katalog.

Später sitzen wir zu dritt mit dem Katalog am Tisch und blättern darin wie in einem alten Familienalbum. Meine Stiefmutter sieht sich Pullover für Frauen an und witzelt, ob wir nicht etwas bestellen wollen, es gebe ja so schöne Sachen. Mein Vater sagt, es sei gut, dass er den Katalog nicht weggeschmissen habe. Ich nicke und sehe mir Schrankwände und Wohnzimmereinrichtungen an, lese die Beschreibungen, bleibe an den Materialien und Stoffbezeichnungen hängen. Polyäther-Schaum, Polyester-Fill-Abdeckung, Microvelours, Flor an Microfasern, silberfarbene Applikationen, Holznachbildung.

Danach stelle ich mir vor, dass wir den Schein tatsächlich ausfüllen und losschicken. Wie wochenlang nichts passiert und dann ein Brief des Unternehmens kommt, die Schrankwand sei noch vorrätig, das Unternehmen würde nichts wegwerfen, man wissen ja nie, die Bestellung würde in den nächsten Wochen geliefert.

Die Schrankwand in seinem Zimmer, eine Holznachbildung. Mein Vater hat eine Kopie erstellt. Sie steht jetzt in seinem Zimmer. Die alte Wand wurde Stück für Stück nachgebaut, auf der gesamten Länge, auch die Schubladen sind identisch. Die Glasscheiben sind noch dieselben, die Rückwände ebenso, dünne Holzplatten mit schwarz-grau-melierter Maserung. Manche Dinge darin verstaut, vor den Blicken geschützt, andere zur Schau gestellt.

Hinter Glas: Gläser, in allen Formen und Größen, vom Schnaps- bis zum Bierglas, wie in einer Bar.

Auf einer gehäkelten Decke, neben den Bierkrügen: Fotos seiner Eltern, seiner Frau, seiner vier Kinder, in goldenen Rahmen, das Tennisporträt. Eine schwere Blechdose mit Münzen und ein Schuh aus Porzellan, in schwarz-rot-gold, drei goldene Lichterkerzen, und: zwei gleich aussehende Fotos. Meine Schwester und ihr Bruder – einmal mit mir, einmal mit Petar. Beide Fotos sind auf der Terrasse aufgenommen worden, auf beiden liegen die Arme auf den Schultern. Petar und ich sehen uns sehr ähnlich, tragen die gleiche Seitenscheitelfrisur, haben beide eine beige Shorts mit Seitentaschen und ein Tennis-Shirt an (sogar die Farben sind invertiert, oben Blau und unten Weiß, oben Weiß und unten Blau). Als hätte ich einen Doppelgänger.

*

Mit 16 habe ich einen Bruder bekommen. Beziehungsweise habe ich da erfahren, dass es ihn gibt. Da war Petar, er trägt denselben Namen wie mein Vater, sechs Jahre alt. Meiner Schwester und mir wurde er lange verschwiegen. Eine gute Erklärung lässt sich bis heute nicht dafür finden. Auch von meiner zweiten Schwester, die aus einer älteren Beziehung meines Vaters stammt, habe ich lange nichts gewusst. Wir sind vier Geschwister, zu meinen Halbgeschwistern – zur Ältesten sowie zum Jüngsten – habe ich praktisch keinen Kontakt. Meinem engen Freundeskreis habe ich so gut wie nichts von ihnen erzählt. Das Schweigen meines Vaters scheint sich auf mich übertragen zu haben.

Einmal hole ich meinen Bruder mit dem Mercedes vom Busbahnhof ab. Im Schutz der Küstenstraße, den Blick immer nach vorn auf die Serpentinen gerichtet, möchte ich so vieles sagen, mich entschuldigen, mein Bedauern darüber ausdrücken, kein richtiges Verhältnis zu ihm zu haben, etwas wiedergutmachen, zumindest einen Anfang versuchen. Ich finde nicht die richtigen Worte, setze nach jeder scharfen Kurve neu an. »Wir sind doch Brüder«, ein hilfloser Satz, der sofort vor uns unter der Motorhaube verschwindet. Er meint, man könne nichts tun, wir würden zwei verschiedene Leben führen, ich in Deutschland, er in Kroatien. Es sei aber weder meine noch seine Schuld. Ich spüre den Unwillen meines Bruders, überhaupt darüber zu sprechen. Ich kann ihn verstehen, bin derselben Meinung, was können ein paar Worte schon ausrichten.

Mein Bruder ist in Kroatien geboren und aufgewachsen, er lebt am selben Ort, arbeitet wie mein Vater und meine Stiefmutter im Tourismus, kennt sich dort aus, spricht dieselbe Sprache. Sie sind eine Familie. Mein Bruder hat das kulturelle und soziale Erbe angetreten, das ich verwehrt habe. Er wird, im Gegensatz zu mir, Kinder bekommen. Er setzt die Linie fort, hält das familiäre Gedächtnis am Leben, während ich eine andere Bahn eingeschlagen, meine angestammte Welt verlassen habe. Ein Abkömmling. Mir fällt zum ersten Mal auf, dass nicht mein Bruder der Doppelgänger ist, sondern ich.

*

Ich erinnere mich: wie ich als Kind Glasscherben sammle, in Kroatien, grüne und blaue Kristalle, die zwischen den Steinen blitzen, vom Salzwasser rund und weich geschliffen, sich über den Strand verteilend. Meine kindliche Vorstellung, ein großes Ding aus Glas, eine Pyramide, vielleicht ein Palast, habe sich in alle Richtungen zerstreut.

In *Die Dinge* von Georges Perec, in dem es um ein Paar und ihr von schönen Dingen bestimmtes Leben und um erhofften Reichtum geht: »Sie waren verloren in den Trümmern eines sehr alten Traums, in einem Scherbenhaufen ohne Konturen.«

»Die Feder aus Massivgold ist mit Rhodium überzogen und sorgt für präzise, makellose Linien, die ein optimales Schreibgefühl garantieren.« (parkerpen.de) Ein Füllfederhalter der Marke Parker, der Korpus aus Edelmetall, aus der Kollektion »Heritage«, im Wert von 300,00 Euro.

»Frischer, moderner Stil, der zugleich elegant wirkt. Das perfekte Geschenk für jeden Anlass. Modernes Design und Komfort mit höchster Qualität.« (amazon.de) Ein Füllfederhalter der Marke gullor, der Korpus aus Kunststoff, im Wert von 5,50 Euro (statt 8,00).

»Ein teurer Füller stellt sicher, dass jedes Wort, das Sie schreiben, prägnant, witzig und wichtig ist [...].« *(Management für Dummies)*

Der Füller aus Plastik in meiner Hand. Mein Großvater hatte weder Schreibtisch noch Pult, keinen Platz zum Schreiben – ich versuche, mir vorzustellen, wo im Steinhaus er den Füller aufbewahrte. Verkramt, nie benutzt, weder für eine Karte noch für einen Brief noch für ein Testament.

Ich lege ihn zu meinen anderen Stiften in die Schublade.

Das Abschließen des Textes geht nicht mit einem Abschluss oder Ende einher, im Gegenteil. Noch mehr das Gefühl, dass nun alles unfertig und offen herumliegt. Als hätte ich alles mit einem »Zu verschenken«-Schild auf die Straße gestellt.

Ich sitze in der S-Bahn, fahre in einem weiten Bogen um die Stadt, sehe durch das schmutzig-trübe Fenster. »Es tut mir leid, Sie zu stören. Bestimmt gehen Ihnen all die Bitten auf die Nerven, aber ich habe leider keine andere

Wahl«, sagt ein Mann, nachdem er eingestiegen ist. »Ich heiße Ilija, bin mittellos und ohne Wohnung!« Der Mann trägt eine graue Schiebermütze und spricht in gebrochenem Deutsch. Ich freue mich, dass endlich jemand meinen Namen richtig ausspricht. Niemand gibt ihm eine Münze, auch ich nicht. An der nächsten Station steige ich mit ihm aus, folge ihm, bis in den nächsten Waggon, höre ihm noch einmal zu.

Auf dem Weg nach Hause: Glasscherben, weiße und grüne Splitter auf dem Boden.

Tageeinbruch

»Schreib! Dein! Buch!« Plakate, die in der ganzen Stadt hängen. Darauf zu sehen: eine Frau mit Brille, die vor einem Laptop sitzt und in die Kamera lächelt. Auf einem weiteren Motiv ein Mann mit Bart, der ein offenes Buch in den Händen hält und ebenfalls in die Kamera lächelt. Sobald ich die Bilder irgendwo sehe, bricht sofort etwas in mir ein, und ich möchte meinen Laptop auf die Straße werfen.

Meine Befürchtung: Dieser Text wird nichts verändern. Er fällt in eine Zeit der Aufmerksamkeit für ein Thema, das gerade da ist. Das mein Leben ist. Vielleicht werden wir – die Arbeiter-, Gastro- und Unterschichtskinder – einmal durch den Literaturbetrieb gescheucht. Dann sind die nächsten dran. Auch hier haben wir über unseren Platz in der Gesellschaft nicht zu entscheiden. Er wird uns zugewiesen.

Auf die Frage, warum er seine Zeit damit verbringe, die Menschen zu Gefangenen der Gesellschaft und ihrer Zwänge zu machen, antwortet Bourdieu in einem Interview: »[…] ich versuche, zu verstehen. Ich sage, dass wir uns in einem Raum befinden, dass dieser Raum uns prägt und dass wir gleichzeitig einen Blickpunkt auf diesen Raum haben, der mit dem Punkt zusammenhängt, den wir in dem Raum einnehmen.«

Meine Freundin schickt mir einen Link: »Nike McDonald's Pommes Limited Edition«. Jemand hat eine Pommes in Form des Nike-Swooshs in seiner Tüte gefunden und verkauft diesen Kartoffelstreifen nun auf eBay-Kleinanzeigen: »Diese Pommes versteckte sich in einer großen Pommesverpackung und sucht jetzt nach einem würdigen Besitzer, der ihre Einzigartigkeit wertschätzt.« Preis: 1 Euro VB (nur Abholung).

So wie jeder Kauf eines Produkts von Lieferketten abhängig ist, so entsteht auch dieser Text nur mit der Hilfe von vielen Zulieferinnen und Lieferanten, die mir ihre Fundstücke und Gedanken zukommen ließen.

Am Kottbusser Damm hole ich mir eine Portion Pommes, bei »Royal Imbiss«. Eine kleine, frei stehende Bude am Eck. Die Tür an der Rückseite, neben den Mülltonnen, ist geöffnet. Ich werfe einen Blick hinein, Kachelboden, Edelstahl, helles Neonlicht.

Obwohl ich meine Erkundung auf dem Gebiet des Fetts abgeschlossen habe, lande ich immer wieder in dunstigen Innenräumen, in verschiedenen Imbissen meiner Umgebung. Manchmal suche ich nur deswegen eine andere Gegend auf, um dort nach den gelben Streifen zu verlangen, als würde ich ein Ritual vollziehen.

»Du willst es genießen? Willst dir auf der Zunge zergehen lassen, dass dein ganzes Leben zwischen Fritten-Öl und Curry-Gewürz entstanden ist?« Ein Theaterstück am Deutschen Theater, in dem es eigentlich um etwas anderes geht, aber in dieser einen Zeile auch um mich.

Auch meinen Lektor habe ich schon so weit. Zum Besprechen des Vertrages möchte er sich da treffen, wo es »die besten Pommes der Stadt gibt und wir in Ruhe sprechen können«. Ich antworte ihm, dass die Orte, an denen es gute Pommes gebe, häufig nicht die seien, an denen es sich gemütlich sitzen lasse. Am Tag des Treffens schwanke ich noch zwischen den Buden hin und her, bin nervös und unruhig, bis zu dem Moment, als die Pommes vor uns stehen und ich hineinbeißend feststelle, dass sie wirklich gut sind und ab jetzt nichts mehr passieren kann.

Der Verlag schickt mir einige Farben zur Auswahl, für das Cover des Buches. Ich überlege nicht lange, entscheide mich für das Naheliegende. Ich bin immer noch »nur aufs Gelb« aus.

Meine Freundin macht Fotos von der Küche im »Restaurant Split« – für den Schutzumschlag. Das kroatische Personal ist sehr nett und freundlich, wundert sich aber auch über unsere Anfrage und die Begeisterung für Edelstahl, Dunstschwaden und Fritteusen. Der ältere Koch (»Ich arbeite schon seit 30 Jahren in Deutschland«) stellt die Pfannen mal hierhin, mal dorthin (»So besser?«).

»Worum geht es in deinem Buch?« Eine Frage, die mich immer noch verunsichert. Ich finde keine gute Antwort, bin der Situation, dem Gespräch und meiner Rolle als

Autor nicht gewachsen (weil ich ja eigentlich keiner bin). Dagegen schreibe ich mit jedem Satz an, versuche (allen) das Gegenteil zu beweisen.

Mir wird klar, dass das Buch selbst ein Teil des Buches ist. All meine Gedanken und Sätze entspringen meiner Herkunft, als würden sie ein Erbmerkmal tragen, das immer und auch davon erzählt, wo sie herkommen.

Ich frage meinen Vater, worum es seiner Meinung nach geht in meinem Buch, er antwortet: »Für mich geht es darum, wie das Leben so spielt ... Manche sind oben, andere unten.« Besser hätte ich es nicht ausdrücken können. Und im Grunde verdichtet sich in dieser einen Formulierung – wie das Leben so spielt – alles, worüber ich hier geschrieben habe.

Sonst könne er sich an nicht mehr viel aus dem Buch erinnern: »Nur an das, was ich vorher schon wusste.« Er lacht. Aber ein gutes Zitat sei ihm im Kopf geblieben: »Viel Geld verändert Menschen nicht, es zeigt nur ihr wahres Gesicht.« Es ist von Marc Müller.

Mein Vater hat den Text ausgedruckt und in einen Leitz-Ordner aus Plastik geheftet. Manche Passagen hat er mit roten Strichen markiert. Stellen, die man aus seiner Sicht »so nicht schreiben kann«:

Dass er in der Teppichfirma Tennis gespielt habe, statt zu arbeiten.

Dass sie früher eine Wirtschaft nicht nur deswegen aufgegeben hätten, weil sie nicht gut lief – sondern auch aus anderen Gründen.

Dass seine Frau keine Reinigungskraft mehr sei, sondern sich zu einer höheren Stelle hochgearbeitet habe. Jetzt verantworte sie die Aufsicht über den Zustand aller Zimmer im Hotel.

Dass sie damals in Herzegowina nicht 50, sondern 20 Schafe besessen hätten.

Dass ich die Geschichte mit dem Wolpertinger nur halb erzählt hätte. Nach dem Gelächter (»Wennst an Wolpertinger fangst!«) habe er den Stammgästen erzählt, dass er tatsächlich schon einmal im Wald gewesen sei, um einen Wolpertinger zu fangen. Nachts, mit einem Sack und einer Kerze aus Bienenwachs, im Perlacher Forst. Er habe es so gut erzählt, dass sie ihm geglaubt hätten.

Dass auf seinem Mercedes kein Emblem mehr, sondern ein neuer Stern sitzen würde.

Dass er nicht glaube, dass ich als Jugendlicher Mercedessterne vom Auto abgerissen habe.

Was ich mir noch vorgenommen hatte: den lesenden Wohnungslosen am Hermannplatz anzusprechen, ihn zu fragen, was er gerne liest. Ich habe es versäumt, ihn nun schon seit Monaten nicht mehr gesehen.

*

Die Freundin, die mir von ihrer Familie erzählt. Sie ist auch in der Wirtschaft ihrer Eltern aufgewachsen. Sie erzählt von einer Lehrerin, die nach der Pause an ihr schnüffelt, das Gesicht verzieht und vor der Klasse sagt: »Du riechst nach Fett, Alkohol und Zigaretten.« Da war sie zehn Jahre alt. Nach dem Lesen meines Textes redet sie offen darüber.

Mein Vater, der nun anders auf sich und sein Leben blickt. Es bereitet ihm Freude, seine unbeachtete Geschichte zu erzählen, gehört und ernst genommen zu werden. Beinahe zu viel. Er schielt auf mein Notizbuch, während er Reden hält über das Land, das korrupte System, den Kapitalismus, und ist enttäuscht, wenn es geschlossen liegen bleibt. »Willst du das nicht aufschreiben?«

Meine Schwester, die mir, nachdem sie alles gelesen hat, eine Sprachnachricht schickt. Ihr habe es schon gut gefallen, aber kaufen würde sie so ein Buch nicht. Meine Erleichterung, dass wir uns nun erlauben können, ganz anders zu sein.

Meine Sorge war unberechtigt. Das Schreiben verändert die Dinge.

*

Bei einem Spaziergang spreche ich mit meiner Schwester. Sie hat die Stelle gewechselt, ist aber immer noch im selben Pharmaunternehmen. Sie spricht von Kalibratoren, Indikatoren und Parametern für verschiedene Labortests. Ich verstehe nur wenig, kann aber hören, dass ihr der neue Job Spaß macht. Sie erzählt von einem begehbaren Kühlschrank, minus 20 Grad, »so kalt wie unsere Fleischkühlung früher«.

Sie erzählt mir von ihrem ersten Eintrag ins Tagebuch, als Panzer der Bundeswehr an den Fenstern der Wirtschaft vorbeifuhren, und verspricht sich dabei: »Mein erster Tageeinbruch.« Mir gefällt das Wort, ohne dass ich es wirklich erklären könnte.

Während wir telefonieren, stehe ich an den Fenstern eines leeren China-Restaurants. Es scheint schon seit Monaten geschlossen zu sein und nie wieder zu öffnen. Wände aus Holz, rote Lampions, goldene Statuen. Abgeräumte Tische mit weißen, knittrigen Tischdecken, immer zwei.

Am Abend zu McDonald's an der S-Bahn-Station. Eine Mutter mit ihrem Sohn. Der Junge nimmt das Menü entgegen und hält es sich vors Gesicht, beim Rausgehen, schnuppert lange an der Tüte.

*

Eine Freundin liest meinen Text und weist auf eine Leerstelle hin. Meine Mutter. Ich stimme ihr zu und erzähle, dass meine Mutter und ich uns seit zehn Jahren nicht gesehen und nicht gesprochen haben. Sie hat irgendwann den Kontakt abgebrochen. »Aber das ist ein anderes Buch«, sage ich.

Sie ist nicht ursächlich dafür verantwortlich, was geschehen ist, und ihre Wirkung lässt sich nicht genau bestimmen, aber ich glaube, dass die Fremdheit, die zwischen mir und meiner Mutter entstanden ist, auch eine zwischen den Klassen ist.

Quellen-Katalog

Verdunstung in der Randzone

S. 7: »Auf meinem Laptop eine Dokumentation über eine Gaststätte im Schwarzwald, Titel: *Feuer und Flamme*.« Gabriele Damasko: »Feuer und Flamme, Lehrjahre in der Gourmetküche«, Südwestrundfunk, 2010.

S. 8: »Erinnerung an einen Galeriebesuch im Wedding.« Sissel Tolaas: »22«, Ausstellung kuratiert von Solvej Helweg Ovesen, vom 19. April 2019 bis 1. Juni 2019, Galerie Wedding, Berlin.

S. 8: »Die Künstlerin hat auch ein sogenanntes ›Smell Memory Kit‹ erfunden [...]« Sissel Tolaas im Interview mit Mareike Brühning, auf: https://so-sue.com/journal/interview/sissel-tolaas-und-das-smell-memory-kit (zuletzt aufgerufen: Dezember 2022).

S. 10: »Kochgerüche, die sich in den beengten Wohnverhältnissen [...]« Andrea Westhoff & Justin Westhoff: »Noch alle beisammen – auch in Corona-Zeiten?«, Deutschlandfunk, 13. Mai 2021.

S. 10: »Ein Fernsehinterview mit Pierre Bourdieu.« Hans-Dieter Zimmermann & Peter de Leuw: »Die feinen Unterschiede und wie sie entstehen«, Hessischer Rundfunk, 1983.

S. 11: »[...] eine Folge der *Imprägnation*.« Alain Corbin: »Pesthauch und Blütenduft – eine Geschichte des Geruchs«, Wagenbach, Berlin, 1986, S. 189-212.

S. 11: »Frittierte Speisen sind [...] beliebt.« Vgl. Deutsche Gesellschaft für Fettwissenschaft e.V.: »Optimal Frittieren«, 2012.

S. 13: »[...] der Eindruck eines Schwindelgefühls.« James Monaco: Film verstehen – Kunst, Technik, Sprache, Geschichte und Theorie des Films und der Medien, Rowohlt, Hamburg, 2002, S. 78.

S. 13: »[...] 80000 Schokolinsen auf eine große Bühne [...]« Vgl. Hisako Inoue: »Die Bibliothek der Gerüche: the library of smells«, herausgegeben von Michael Buhrs & Anne Marr, Distanz, 2017, S. 11-19.

S. 14: »Smells are surer than sounds [...]« Rudyard Kipling: »Lichtenberg«, in: Ders.: »Complete Verse«, Doubleday, New York, 1989, S. 473.

S. 15: »[...] *The Food Issue*.« »Arts of the working class« Nr. 16, herausgegeben von Alina Kolar, María Inés Plaza Lazo & Paul Sochacki, Reflektor Monde, Berlin, Mai 2021.

S. 15: »Während des Frittierprozesses [...]« Vgl. Deutsche Gesellschaft für Fettwissenschaft e.V.: »Optimal Frittieren«, 2012.

S. 17: »Pommes sind wie beste Kumpels [...]« Produktbeschreibung »Pommes Frites groß«, McDonald's, auf: https://www.mcdonalds.com/de/de-de/product/pommes-frites-gross-3020.html (zuletzt aufgerufen: Dezember 2022).

S. 18: »Meine Mutter liebte nicht [...]« Daniela Dröscher: »Zeige deine Klasse: die Geschichte meiner sozialen Herkunft«, Hoffmann und Campe, Hamburg, 2018, S. 42.

S. 18: »[...] widerlicher Küchengeruch drang von unten herauf [...]« Oskar Panizza: »Das Wirtshaus zur Dreifaltigkeit«, in: Ders.: »Der Korsettenfritz – Gesammelte Erzählungen.« Matthes & Seitz, München, 1981, S. 310.

S. 19: »Wir suchen Leute, die nur aufs Gelb aus sind.« Werbeplakat der Berliner Verkehrsbetriebe, 2022.

S. 19: »Wie ist das, wenn die eigene Identität mit einem Geruch verknüpft ist? [...]« Bernd Müllender: »Da duftet schon der Name«, taz, die tageszeitung, 29. Dezember 2021, auf: https://taz.de/Identitaet-und-Geruch/!5821853/ (zuletzt aufgerufen: Dezember 2022).

S. 20: »Als Stallgeruch wird der typische Geruch [...]« Wikipedia: »Stallgeruch«, auf: https://de.wikipedia.org/wiki/Stallgeruch (zuletzt aufgerufen: Dezember 2022).

S. 21: »[...] infolge der Verdunstung in der Randzone [...]« Vgl. Deutsche Gesellschaft für Fettwissenschaft e.V.: »Optimal Frittieren«, 2012.

S. 22: »[...] jeden Morgen eine Coca-Cola.« Heather Hodson: »20 Questions for Joan Didion«, Avenue Magazine, 12. Januar 2021, auf: https://avenuemagazine.com/joan-didion-let-me-tell-you-what-i-mean/ (zuletzt aufgerufen: Dezember 2022).

S. 22: »Pommes frites sind Sehnsuchtsobjekte [...]« Vgl. Roland Barthes: »Mythen des Alltags«, Suhrkamp, Frankfurt am Main, 1981, S 36-38.

Der bewohnte Kreis der Erde

S. 24: »Das Bild von Gerhard Richter [...]« Gerhard Richter: »Lesende«, Öl auf Leinwand, 1994.

S. 25: »Ein Museumsbesuch, vor einigen Jahren. [...]« Olafur Eliasson: »Inner City Exterior«, Ausstellung kuratiert von Daniel Birnbaum, vom 28. April bis 9. August 2010, Gropius Bau, Berlin.

S. 26: »[…] der 52-jährige Kurt Walmen in der Alten Pinakothek in München […]« Robert Menasse: »Selige Zeiten, brüchige Welt«, Suhrkamp, Frankfurt am Main, 2002, S. 7.

S. 28: »[…] und damit ein Kunstwerk beschädigt […]« Süddeutsche Zeitung: »Putzfrau schrubbt Kunstwerk kaputt«, 4. November 2011, auf: https://www.sueddeutsche.de/kultur/wie-einst-beuys-fettecke-putzfrau-schrubbt-kunstwerk-kaputt-1 1180540 (zuletzt aufgerufen: Dezember 2022).

S. 29: »[…] in einer Kunstaktion den Boden gewischt.« Mierle Laderman Ukeles: »Hartford Wash: Washing, Tracks. Maintenance: Outside«, Performance aus dem Jahr 1973, in: »Kunst und Feminismus«, herausgegeben von Helena Reckitt, Phaidon-Verlag, Berlin, 2005.

S. 30: »Schön bescheuert […]« Andreas Naaf & Henrik Neumann: »Putzfrau schrubbt Kunstwerk kaputt«, Bild, 4. November 2011, auf: https://www.bild.de/news/inland/kunst/putzfrau-schruppt-kunstwerk-kaputt-20811170.bild.html (zuletzt aufgerufen: Dezember 2022).

S. 35: »[…] und verkauft das Comic-Magazin […]« S-Bahn GmbH: »Die S-Bahn-Reinigerin«, 2021, Berlin.

S. 35: »Mit dem Floorboy […]« Produktbeschreibung »Floorboy XL-300«, Amazon, auf: https://www.amazon.de/Floorboy-Reinigung-Fachkunde-Maschinenpads-HPS/dp/B0822WCYRV/ (zuletzt aufgerufen: Dezember 2022).

S. 38: »Wertvolle Informationen […]« Produktbeschreibung, Catapult Sports, auf: https://www.catapultsports.com/de/blog/matt-little-monitoring-tennis-players (zuletzt aufgerufen: Dezember 2022).

S. 38: »Wenn ein Einzelner mit anderen zusammentrifft […]« Erving Goffman: »Wir alle spielen Theater. Die Selbstdarstellung im Alltag«, Piper, München, 1988, S. 5.

S. 40: »Wenn Sport der Bruder der Arbeit ist […]« Thomas Kapielski: »Davor kommt noch. Gottesbeweise IX-XIII«, Merve, Berlin, 1998. S. 7.

S. 40: »[…] eine Installation aus Kieselsteinen […]« Ruben Östlund: »The Square«, Produktion: Erik Hemmendorf & Philippe Bober, Schweden, Deutschland, Frankreich, Dänemark, 2017.

S. 41: »Diese Kunstkenner sind mir aber alle zutiefst zuwider […]« Thomas Bernhard: »Alte Meister«, Suhrkamp, Frankfurt am Main, 1988, S. 202.

S. 45: »Klassenübergänger« Vgl. Chantal Jaquet: »Zwischen den Klassen: über die Nicht-Reproduktion sozialer Macht«, Konstanz University Press, 2018.

Ein Muster sich kreuzender Saiten

S. 48: »Die Schlagfläche muss flach sein [...]« Vgl. Tennisregeln der International Tennis Federation, auf: https://www.dtb-tennis.de/content/download/14467/154456/version/1/file/Tennisregeln+der+ITF.pdf (zuletzt aufgerufen: Dezember 2022).

S. 49: »Tennis ist ein Sport für alle Altersklassen!« Webseite Tennisverein Stadtilm 2011 e.V., auf: http://tennis-stadtilm.de/tennis-ein-elitaerer-sport (zuletzt aufgerufen: Dezember 2022).

S. 51: »In Socken, ohne Schuhe.« Sat.1 Regional: »Blinde Tennisspieler: Hamburger bereiten sich auf Meisterschaft vor«, 21. Februar 2019, auf: https://www.youtube.com/watch?v=3waHPUSIBLs (zuletzt aufgerufen: Dezember 2022).

S. 52: »Ich habe alles versucht [...]« Michelangelo Antonioni: »Die rote Wüste«, Produktion: Cervi Produzione Rom, Italien, 1964.

S. 53: »Wenn aus Gründen, die außerhalb des Einflusses eines Spielers liegen [...]« Vgl. Tennisregeln der International Tennis Federation, auf: https://www.dtb-tennis.de/content/download/14467/154456/version/1/file/Tennisregeln+der+ITF.pdf (zuletzt aufgerufen: Dezember 2022).

S. 59: »[...] tennis players exercise self-control [...]« Tom Ferraro: »Tennis and Social Class in America«, Long Island Tennis Magazine, 3. April 2018, auf: https://longislandtennismagazine.com/tennis-and-social-class-america (zuletzt aufgerufen: Dezember 2022).

S. 59: »Gastronomiemitarbeiter machen direkt hinter dem Windschutz Krach [...]« David Foster Wallace: »Die professionelle Kunst des Tennisspielers Michael Joyce als Paradigma für allerlei Kram über Individualität, Freiheit, Grenzen, Freude, Groteskes und menschliche Vollkommenheit«, in: Ders.: »Der Spaß an der Sache«, Kiepenheuer & Witsch, Köln, 2018, S. 92.

S. 60: »Ich sehe mir online Fotos von einer Ausstellung an.« Lindsay Duddy: »asad raza installs neon orange, interactive tennis court inside 16th century church in milan«, Designboom Magazine, 10. November 2017, auf: https://www.designboom.com/art/asad-raza-converso-church-tennis-court-milan-11-10-2017/ (zuletzt aufgerufen: Dezember 2022).

S. 62: »[…] neben Kraft, Präzision, Schnelligkeit […]« Erich Kästner: »Wir sind so frei: Chanson, Kabarett, Kleine Prosa«, Werke Band II, Carl Hanser, München Wien, 1998, S. 321.

S. 62: »Dem Körper wohnt ein Wissen inne […]« Vgl. Pierre Bourdieu: »Die feinen Unterschiede. Kritik der gesellschaftlichen Urteilskraft«, Suhrkamp, Frankfurt am Main, 1982.

S. 63: »Ein User auf Pinterest bietet […]« Verkauf eines Tennisschlägers auf Pinterest, auf: https://www.pinterest.it/pin/tennis-racket-mirror-80-spalding-102-flite-series-wood–692569248916871740/ (zuletzt aufgerufen: Dezember 2022).

S. 63: »[…] Menschen Fotos von Spiegeln machen […]« »Photos Of People Trying To Sell Mirrors That Are So Good They'll Make Your Day«, auf: https://www.awesomeinventions.com/people-trying-to-sell-mirrors/ (zuletzt aufgerufen: Dezember 2022).

S. 64: »Tennisstunde des Präsidenten […]« Pierre Bourdieu: »Die feinen Unterschiede. Kritik der gesellschaftlichen Urteilskraft«, Suhrkamp, Frankfurt am Main, 1982, S. 337.

S. 64: »Shorts, die der Rest der Welt […]« David Foster Wallace: »Die professionelle Kunst des Tennisspielers Michael Joyce […]«, in: Ders.: »Der Spaß an der Sache«, Kiepenheuer & Witsch, Köln, 2018, S. 68.

S. 64: »Traxion Tennis-Socken […]« Produktbeschreibung, Adidas, Amazon, auf: https://www.amazon.de/adidas-Erwachsene-Traxion-Tennis-Single/dp/B0178GFECW (zuletzt aufgerufen: Dezember 2022).

S. 64: »5er-Pack […]« Produktbeschreibung, KiK Textilien, auf: https://www.kik.de/p/fce-fd05-4570-9ad0-981945c11a4f/-schwarz-1000 (zuletzt aufgerufen: Dezember 2022).

S. 66: »Treibe dein Tennisspiel […]« Produktbeschreibung »Herrenschuh COURT FF 2«, Asics, auf: https://www.asics.com/de/de-de/court-ff-2/p/1041A083-400.html (zuletzt aufgerufen: Dezember 2022).

S. 69: »Die […] Courts flimmern […]« David Foster Wallace: »Die professionelle Kunst des Tennisspielers Michael Joyce […]«, in: Ders.: »Der Spaß an der Sache«, Kiepenheuer & Witsch, Köln, 2018, S. 55.

Für alle, die gern zu McDonald's gehen

S. 71: »Die Frage aller Fragen […]« Instagram-Profil von Marc Müller, auf: https://www.instagram.com/marcmuellerofficial/ (zuletzt aufgerufen: Dezember 2022).

S. 71: »Im ERFOLG Magazin versammeln […]« Erfolg Magazin, Ausgabe 3/2020, Backhaus Verlag, Rotenburg.

S. 72: »Die Dokumentation über den Motivationstrainer Jürgen Höller […]« Julian Amershi & Martin Rieck: »Der Motivationstrainer«, Norddeutscher Rundfunk, 2017.

S. 72: »100 besten Erfolgstrainer.« Erfolg Magazin: »Die 100 besten Erfolgstrainer«, 6. November 2017, auf: https://erfolg-magazin.de/die-100-besten-erfolgstrainer/ (zuletzt aufgerufen: Dezember 2022).

S. 76: »Verändert euer Mindset […]« Instagram-Profil von kristiyanvelinov7, auf: https://www.instagram.com/kristiyanvelinov/ (zuletzt aufgerufen: Dezember 2022).

S. 77: »Geld aus dem Fenster werfen […]« Vgl. Rainald Goetz: »Rave«, Suhrkamp, Frankfurt am Main, 2001.

S. 78: »Raus aus der Klasse […]« Die Goldenen Zitronen: »Raus aus der Klasse, zurück in die Klasse«, Album »Lenin«, Buback Tonträger, 2006.

S. 81: »Ein Artikel über Marc Müller […]« Erfolg Magazin: »Jungunternehmer Marc Müller«, 19. April 2021, auf: https://erfolg-magazin.de/jungunternehmer-marc-mueller-frueh-uebt-sich-was-unternehmer-sein-will/ (zuletzt aufgerufen: Dezember 2022).

S. 81: »Life is good.« Instagram-Fotopost von Marc Müller, auf: https://www.instagram.com/p/CGc1O5eAwob/ (zuletzt aufgerufen: Dezember 2022).

S. 81: »Siegerlächeln.« Instagram-Fotopost von Marc Müller, auf: https://www.instagram.com/p/Ce53KKpszRW/ (zuletzt aufgerufen: Dezember 2022).

S. 81: »Viel Geld verändert Menschen nicht […]« Instagram-Fotopost von Marc Müller, auf: https://www.instagram.com/p/CNX7lPljNQW/ (zuletzt aufgerufen: Dezember 2022).

S. 82: »[…] die Sonnenbrille, die Hochhäuser.« Instagram-Fotopost von Marc Müller, auf: https://www.instagram.com/p/Ce53KKpszRW/ (zuletzt aufgerufen: Dezember 2022).

S. 85: »Befragt man die Statistik […]« Bundeszentrale für politische Bildung: »Armut«, auf: https://www.bpb.de/kurz-knapp/lexika/lexikon-der-wirtschaft/18705/armut/ (zuletzt aufgerufen: Dezember 2022).

S. 87: »Es gibt ein gutes Sprichwort über Kontrolle […]« Erfolg Magazin: »Ego – Warum Gewinner gute Egoisten sind.« Ausgabe 3/2020, Backhaus Verlag, Rotenburg. S. 38.

S. 87: »Im Jahr 2010 verbrannte die schwedische Politikerin […]« Wikipedia: »Gudrun Schyman«, auf: https://en.wikipedia.org/wiki/Gudrun_Schyman (zuletzt aufgerufen: Dezember 2022).

S. 87: »[…] eine Million Britische Pfund.« The Late Late Show: »Why did The K Foundation burn a million quid?«, 1995, auf: https://www.youtube.com/watch?v=21nhIZ9QF80 (zuletzt aufgerufen: Dezember 2022).

S. 88: »Ich glaube fest daran […]« Finanzen 100, das Börsenportal von Focus Online: »Job-Angst, Streit, Einsamkeit: Motivations-Guru Höller gibt Tipps gegen den Corona-Koller«, 24. April 2020, auf: https://www.finanzen.de/finanznachrichten/boerse/job-angst-streit-einsamkeit-motivations-guru-hoeller-gibt-tipps-gegen-den-corona-koller_H1339485361_11883551/ (zuletzt aufgerufen: Dezember 2022).

S. 90: »Ich will nur wieder so sein können, wie ich bin!« Rainer Werner Fassbinder: »Faustrecht der Freiheit«, Produktion: Rainer Werner Fassbinder, Deutschland, 1975.

S. 90: »[…] dem am Ende nur sein Arbeiterdasein bleibt.« Dorothee Elmiger: »Aus der Zuckerfabrik«, Carl Hanser, Hamburg, 2020, S. 215.

S. 90: »Kellnerin sahnt ganze […]« Anna Laura Peters: »Kellnerin sahnt ganze 8,6 Millionen Euro ab – doch dann geht ihr Leben den Bach runter.« Der Westen, 9. November 2021, auf: https://www.derwesten.de/panorama/vermischtes/lotto-gewinn-euro-usa-los-jackpot-millionen-zahlen-gluecksspiel-news-pech-schicksal-id233674855.html (zuletzt aufgerufen: Dezember 2022).

S. 90: »Mit 16 Jahren […]« Blick-Gruppe: »Mit 16 Jahren Lotto-Gewinner, mit 23 tot.« 7. Juni 2021, auf: https://www.blick.ch/ausland/drama-um-nordirischen-fussballfan-callum-fitzpatrick-mit-16-jahren-lotto-gewinner-mit-23-tot-id16580030.html (zuletzt aufgerufen: Dezember 2022).

S. 90: »Lottogewinner knackt den Jackpot […]« Christian Thiele: »Lottogewinner knackt den Jackpot, dann ertrinkt er auf dem Weg zum Lottoladen.« Berliner Kurier, 30. September 2021, auf: https://www.berliner-kurier.de/panorama/jackpot-knacker-ertrinkt-mit-gewinn-schein-in-der-tasche-li.185909 (zuletzt aufgerufen: Dezember 2022).

S. 90: »Mann gewinnt riesige Summe […]« Gero Bernt: »Mann gewinnt riesige Summe – wenig später stirbt er unter dramatischen

Umständen.« Der Westen, 1. Oktober 2021, auf: https://www.derwesten.de/panorama/vermischtes/lotto-gewinn-lottoschein-ausweis-verloren-summe-tod-gewinner-tot-polizei-news-id233466888.html (zuletzt aufgerufen: Dezember 2022).

S. 91: »Gefördert von der LOTTO-Stiftung Berlin«. »Klassenfragen – Kunst und ihre Produktionsbedingungen«, Ausstellung kuratiert von Frauke Boggasch, Silke Nowak, Anna Schapiro, Anna-Lena Wenzel & Norbert Witzgall, vom 25. November 2022 bis 9. Januar 2023, Berlinische Galerie, Berlin.

S. 91: »Leute ohne gymnasiale Bildung [...]« Christian Füller: »Illusion ist sehr billig zu haben, Lotto-Forscher Mark Lutter übers Spielen«, taz, die tageszeitung, 23. Dezember 2008, auf: https://taz.de/Lotto-Forscher-Mark-Lutter-uebers-Spielen/!5170626/ (zuletzt aufgerufen: Dezember 2022).

Arbeit

S. 96: »Don't cry – work!« Rainald Goetz: »Irre«, Suhrkamp, Frankfurt am Main, 1986.

S. 97: »Wenn sein Lokal sich leert [...]« Jean-Paul Sartre: »Der Ekel«, Rowohlt, Hamburg, 1982, S. 15.

S. 97: »Was bin ich?« TV-Show, ARD, Folge vom 17. Dezember 1968, auf: https://www.youtube.com/watch?v=dvMGFngVFUo (zuletzt aufgerufen: Dezember 2022).

S. 101: »Getting Things Done [...]« Andrea Nittel-Neubert: »Arbeit ist zu anstrengend – was tun?« Helpster – Die Ratgeber-Redaktion, auf: https://www.helpster.de/arbeit-ist-zu-anstrengend-was-tun_221926 (zuletzt aufgerufen: Dezember 2022).

S. 103: »§ 2: Wer ein Gaststättengewerbe betreiben will [...]« Gaststättengesetz, Bundesamt für Justiz, Bonn, auf: https://www.gesetze-im-internet.de/gastg/BJNR004650970.html (zuletzt aufgerufen: Dezember 2022).

S. 106: »Brotjobs & Literatur«, herausgegeben von Iuditha Balint, Julia Dathe, Kathrin Schadt & Christoph Wenzel, Verbrecher Verlag, Berlin, 2022.

S. 108: »Berta Zenefels, eine Frau von 84 Jahren [...]« Hannah Schweier: »80 000 Schnitzel«, Produktion: Zum Goldenen Lamm Filmproduktion, Deutschland, 2020.

S. 109: »stehendes Gewerbe«. Gaststättengesetz, Bundesamt für Justiz, Bonn, auf: https://www.gesetze-im-internet.de/gastg/BJNR004650970.html (zuletzt aufgerufen: Dezember 2022).

S. 111: »[...] zwischen den Klassen [...]« Vgl. Chantal Jaquet: »Zwischen den Klassen: über die Nicht-Reproduktion sozialer Macht«, Konstanz University Press, 2018.

S. 112: »Vielleicht wäre ich [...]« Gabriele Theling: »Vielleicht wäre ich als Verkäuferin glücklicher geworden – Arbeitertöchter & Hochschule«, Westfälisches Dampfboot, Münster, 1986.

S. 113: »Es gibt acht Fotografien [...]« Mladen Stilinović: »Artist at work«, 1978, auf: https://www.wikiart.org/en/mladen-stilinovic/artist-at-work-1978 (zuletzt aufgerufen: Dezember 2022).

S. 114: »Das Traumsymbol ›Pommes‹ [...]« Lexikon der Traumsymbole: »Pommes«, auf: https://traum-deutung.de/pommes/ (zuletzt aufgerufen: Dezember 2022).

S. 114: »Einen Gastwirt sehen [...]« Der Traumdeuter: »Gastwirt«, auf: http://www.traumdeuter.ch/texte/1905.htm (zuletzt aufgerufen: Dezember 2022).

S. 114: »Verlässt man aber das Wirtshaus im Traum [...]« Lexikon der Traumsymbole: »Wirtshaus«, auf: https://traum-deutung.de/wirtshaus/ (zuletzt aufgerufen: Dezember 2022).

S. 114: »I had a dream about this place.« David Lynch: »Mulholland Drive«. Produktion: Les Films Alain Sarde, Asymmetrical Productions, Babbo Inc., Le Studio Canal & The Picture Factory, USA, 2001.

Ein Denkmal für Mercedes

S. 118: »Wer einem besonderen Stern nahekommen will [...]« Website Mercedes-Benz, auf: https://www.mercedes-benz.com/de/innovation/meilensteine/seit-100-jahren-in-der-umlaufbahn/ (zuletzt aufgerufen: Dezember 2022).

S. 118: »Endlich wieder mit Stern [...]«, Produktbeschreibung »Mercedesstern an Motorhaube«, Amazon, auf: https://www.amazon.de/gp/customer-reviews/R1GBIXVSKWRBUL (zuletzt aufgerufen: Juni 2023).

S. 118: »Ein Stil aus Großzügigkeit und Zweckmäßigkeit [...]« Mercedes-Benz-Werbung, 1985, auf: https://www.youtube.com/watch?v=KPrvMt-qrvg (zuletzt aufgerufen: Dezember 2022).

S. 118: »Ein Mercedes in Originalgröße [...]«, auf: https://croatiansincleveland.com/2019/05/15/photos-imotski-mercedes-monument-plans-presented/ (zuletzt aufgerufen: Dezember 2022).

S. 119: »Es geht um unsere Verletzlichkeiten [...]« Alexandra Bircken: »A–Z«, Ausstellung kuratiert von Dr. Monika Bayer-Wermuth, vom 28. Juli 2021 bis 16. Januar 2022, Museum Brandhorst, München.

S. 124: »Sein gelber Benz ist bald 40 [...]« Susanne Glass: »Mercedes – Der Stuttgarter Stern leuchtet in Kroatien«, Bayerischer Rundfunk, auf: https://www.youtube.com/watch?v=IWbGXitRArY (zuletzt aufgerufen: Dezember 2022).

S. 131: »Wir brauchen einen Sack [...]« Michael Lada & Daniel Filardi: »The Bavarians – Wie fangen wir einen Wolpertinger«, 2015, auf: https://www.youtube.com/watch?v=Fro31FBOGH8 (zuletzt aufgerufen: Dezember 2022).

S. 131: »Der [Wolpertinger] verendet ja [...]« Podcast: »Bayern Absolut«, Folge 164, auf: https://mane-thaler.de/podcast/bayern-absolut/folge-164-einen-wolperdinger-finden/ (zuletzt aufgerufen: Dezember 2022).

S. 133: »For the many – and for the few.« Webseite Mercedes-Benz, auf: https://www.mercedes-benz.com (zuletzt aufgerufen: Dezember 2022).

S. 133: »Seine Herkunft ist ihm ins Gesicht geschrieben.« Broschüre von Mercedes, 2014, auf: https://autocatalogarchive.com/wp-content/uploads/2017/08/Mercedes-Clase-C-2014-GER-.pdf (zuletzt aufgerufen: Mai 2023).

S. 133: »Er ist Teil unserer Markenhistorie [...]« Webseite Mercedes-Benz, auf: https://group-media.mercedes-benz.com/marsMediaSite/de/instance/ko/Mercedes-Benz-uebergibt-Markenzeichen-des-ehemaligen-Bonn-Center-Der-Stern-der-Bonner-Republik-kommt-ins-Museum.xhtml?oid=26767791 (zuletzt aufgerufen: Dezember 2022).

S. 135: »Ihre Mercedes sind für die Imoćani [...]« Susanne Glass: »Mercedes – Der Stuttgarter Stern leuchtet in Kroatien«, Bayerischer Rundfunk, auf: https://www.youtube.com/watch?v=IWbGXitRArY (zuletzt aufgerufen: Dezember 2022).

S. 136: »Die Kette spiegelt [...]« Fler: »Mercedesstern«, Album »Vibe«, Maskulin Music Group, 2016.

Im Hof der Literatur

S. 146: »[...] einen Sprachunterschied zwischen den Schichten ausgemacht.« Basil Bernstein: »Ein sozio-linguistischer Ansatz zur Erforschung sozialen Lernens«, in: Ders.: »Studien zur sprachlichen Sozialisation«. Pädagogischer Verlag Schwann, Düsseldorf, 1973, S. 232-255.

S. 146/147: »Du solltest unbedingt Vulgärsprache im Berufsleben vermeiden [...]« und »Es kann bereits ausreichend sein, einige der 13 folgenden Wörter [...]« Miriam Franke: »Mit diesen 13 Wörtern verleiht ihr eurer Sprache mehr Stil und wirkt automatisch intelligenter.« 4. Oktober 2022, auf: https://arbeits-abc.de/woerter-um-stilvoll-zu-klingen-und-intelligenter-zu-wirken/ (zuletzt aufgerufen: Dezember 2022).

S. 147: »Je eloquenter, also wortgewandter [...]« YouTube-Kanal: »Karriereguru«, auf: https://www.youtube.com/@Karriereguru (zuletzt aufgerufen: Dezember 2022).

S. 147: »Mit einem guten Wortschatz [...]« YouTube-Kanal: »musstewissen Deutsch«, auf: https://www.youtube.com/@musstewissenDeutsch (zuletzt aufgerufen: Dezember 2022).

S. 147: »Wandel von unten [...]« Vgl. William Labov: »Sprache im sozialen Kontext«, herausgegeben von Norbert Dittmar & Bert-Olaf Rieck, Athenäum, Königstein, 1980.

S. 154: »Der Freund, der sagt, man spreche es [...]« Didier Eribon: »Rückkehr nach Reims«, Suhrkamp, Berlin, 2020.

S. 160: »im Bücherkasten, Wäscheschrank [...]« Max Brod & Franz Kafka: »Eine Freundschaft. Briefwechsel«, herausgegeben von Malcom Pasley, S. Fischer, Frankfurt am Main, 1989, S. 365.

S. 164: »Ist vieles an Literatur erst durch das Wirtshaus entstanden?« Bettina Kaemena: »Studien zum Wirtshaus in der deutschen Literatur«, Internationaler Verlag der Wissenschaften, Bremen, 1999, S. 14.

S. 164: »Ich soll, wie man mir später sagte [...]« Franz Kafka: »Bericht für eine Akademie«, in: Ders.: »Sämtliche Erzählungen«, herausgegeben von Paul Raabe, Fischer, Hamburg, 1970, S. 149.

S. 164: »Natürlich habe ich auch gekellnert. [...]« Mithu Sanyal: »Schriftstellerinnen und ihre Nebenjobs: Call Center und Flyer verteilen«, taz, die tageszeitung, 12. März 2022, auf: https://taz.de/Schriftstellerinnen-und-ihre-Nebenjobs/!5839635/ (zuletzt aufgerufen: Dezember 2022).

Restaurant Dubrovnik

S. 170: »Erst jetzt, nachdem ich den Begriff ins Suchfenster eingegeben habe [...]« Wikipedia: »Bain-Marie«, auf: https://de.wikipedia.org/wiki/Bain-Marie (zuletzt aufgerufen: Dezember 2022).

S. 171: »Pommespanzer, der […]« PONS: »Wörterbuch der Jugendsprache – von Schülerinnen und Schülern aus ganz Deutschland«, Ernst Klett Sprachen GmbH, Stuttgart, 2002, S. 79.

S. 171: »[…] erzählt die Autorin über ihre dicke Mutter.« Daniela Dröscher: »Lügen über meine Mutter«, Kiepenheuer & Witsch, Köln, 2022.

S. 171: »Der Mensch aus dem Restaurant.« Ivan S. Šmelev: »Der Mensch aus dem Restaurant«, AB – Die Andere Bibliothek, Berlin, 2021.

S. 172: »Ein Kilo pro Tag abnehmen!« Bild der Frau: »So funktioniert die Gurken-Blitz-Diät«, vom 5. Juli 2017, auf: https://www.bildderfrau.de/diaet-ernaehrung/diaet-abnehmen/article/So-funktioniert-die-Gurken-Blitz-Diaet.html (zuletzt aufgerufen: Dezember 2022).

S. 173: »Schlagsahne und Schlagsalven.« Christian Baron: »Ein Mann seiner Klasse«, Claassen, Berlin, 2020, S. 111.

S. 175: »Oh Baby, du riechst […]« Christian Thiele: »Oh Baby, du riechst […] wie eine Frittenbude: Pommes-Parfüm erobert den Markt«, Berliner Kurier, vom 11. Februar 2022, auf: https://www.berliner-kurier.de/panorama/oh-baby-du-riechstwie-eine-frittenbude-pommes-parfuem-erobert-den-markt-li.210938 (zuletzt aufgerufen: Dezember 2022).

S. 177: »Kartoffeln schneiden, frittieren, servieren […]« Simulations-Spiel: »Overcooked«, Ghost Town Games, 2016.

S. 177: »Beim Lesen eines Buches stoße ich auf ein anderes Buch […]« M. F. K. Fisher: »The Gastronomical Me«, North Point Press, New York, 1989.

Dinge meiner Familie

S. 191: »[…] bescheidenen Verhältnisse […]« Michael Wurmitzer: »Annie Ernaux' Nobelpreisrede: Schreiben zum Stören der Ordnung«, Der Standard, 8. Dezember 2022, auf: https://www.derstandard.at/consent/tcf/story/2000141628415/annie-ernaux-nobelpreisrede-schreiben-zum-stoeren-der-ordnung (zuletzt aufgerufen: Dezember 2022).

S. 193: »Es gibt immer noch Anhänger dieser historischen Fehlentwicklung […]« Volker Wieprecht & Robert Skuppin: »Das Lexikon der verschwundenen Dinge«, Rowohlt, Berlin, 2009, S. 225.

S. 200: »Auf ästhetischer Ebene […]« Produktbeschreibung »Oyster Perpetual Datejust 41«, Rolex, auf: https://www.rolex.com/de/

watches/datejust/m126333-0010.html (zuletzt aufgerufen: Dezember 2022).

S. 200: »Das farbliche Erscheinungsbild ist bis zur Gegenwart [...]« edition suhrkamp, auf: https://www.suhrkamp.de/buecher/themen-und-reihen/alle-reihen-und-programme-edition-suhrkamp-s-35 (zuletzt aufgerufen: Dezember 2022).

S. 200: »Glasscherbenviertel, das [...]« Duden: »Glasscherbenviertel«, auf: https://www.duden.de/rechtschreibung/Glasscherbenviertel (zuletzt aufgerufen: Dezember 2022).

S. 201: »[...] einer Fernsehshow aus den 90er Jahren [...]« Wikipedia: »Vier gegen Willi«, auf: https://de.wikipedia.org/wiki/Vier_gegen_Willi (zuletzt aufgerufen: Dezember 2022).

S. 203: »Tatsächlich gibt es zwei mögliche Verwendungsweisen eines Erbes [...]« Chantal Jaquet: »Zwischen den Klassen: über die Nicht-Reproduktion sozialer Macht«, Konstanz University Press, 2018, S. 13.

S. 205: »In der Bibliothek leihe ich ein Buch aus [...]« Andrew Solomon: »Weit vom Stamm: Wenn Kinder ganz anders als ihre Eltern sind«, S. Fischer, Frankfurt, 2013.

S. 215: »Sie waren verloren in den Trümmern eines sehr alten Traums [...]« Georges Perec: »Die Dinge«, Diaphanes, Zürich-Berlin, 2001, S. 109.

S. 215: »Die Feder aus Massivgold [...]« Produktbeschreibung »Duofold Classic Füllfederhalter«, Parker, auf: https://www.parkerpen.de/kollektionen/heritage/duofold-classic/duofold-classic-f%C3%BCllfederhalter/SAP_1931375.html (zuletzt aufgerufen: Dezember 2022).

S. 216: »Frischer, moderner Stil [...]« Produktbeschreibung »Jinhao Füllfederhalter«, Gullor, auf. https://www.amazon.de/Gullor-Advanced-Kalligraphie-F%C2%A8%C2%B9llfederhalter-101/dp/B00CHX6A4S/ (zuletzt aufgerufen: Dezember 2022).

S. 216: »Ein teurer Füller stellt sicher [...]« Bob Nelson & Peter Economy: »Management für Dummies«, WILEY-VCH, Weinheim, 2005, S. 237.

Tageeinbruch

S. 218: »Ich versuche zu verstehen [...]« Pierre Bourdieu: »Wie die Kultur zum Bauern kommt: über Bildung, Schule und Politik«, VSA-Verlag, Hamburg, 2001, S. 169.

S. 219: »Nike McDonald's Pommes Limited Edition«. Privates Inserat, eBay Kleinanzeigen, auf: https://www.ebay-kleinanzeigen.de/s-anzeige/nike-mcdonald-s-pommes-frites-limited-edition/2300352218-234-8646 (zuletzt aufgerufen: Dezember 2022).

S. 219: »Du willst es genießen? [...]« Alexander Stutz: »Das Augenlid ist ein Muskel«, Uraufführung am 18. Juni 2022, Deutsches Theater Berlin.